JN126506

百華王の閨房指南

AI
SATOKO
砂床あい

ILLUSTRATION ホン・トク

C O N T E N T S

【開端】

——太古の昔、世界は天と地、つまり天界と人界に二分されていた。

地に暮らす人間に対し、天界に住まう神仙は天族と呼ばれる。修行を積んで修為を上げ、仙力や方術を操る神仙は、人間にとって雲の上の存在だ。

あるとき天界で禁忌を犯し、強大な魔力を手に入れた神がいた。正道とされる仙力に対し、魔力は邪道とされ、白眼視される。邪神となった神は天界転覆を謀ったものの、結局は天帝に敗れ、一族もろとも九天から追放された。

一度、魔力をその身に宿した者は、もう二度と方術を使うことはできない。一族は天地の果てで修練し、脈々とその身に魔力を受け継いで繁栄した。魔族の始祖となった邪神は初代魔王となり、魔界を率いるようになったのである。

天界、人界、魔界に世界は三分され、天は魔を蔑み、魔は天を恨んだ。人は天を崇め、天に逆らう魔は人を食らうと妄信した。

永劫の時が流れたいまも、天族と魔族の関係は芳しくない。

【第一篇】

楽師たちが奏でる簫や琴の音が、吹き抜けの高い天井に吸い込まれていく。

薄衣の衣擦れに、柔らかな女性の笑い声や杯が触れ合う音。料理や酒に混じる白粉の匂いは、ここが大人の社交場であることを意味している。

「魔界の花も天界の花に勝るとも劣らぬな。帰りたくなくなる」

ひとりの麗人が、この青楼でもっとも値が張る二階の雅座から顔を覗かせた。勾欄に凭れ、数多の芸妓が軽やかに衣を靡かせながら舞う舞台を眺める。

「二殿下…じゃなくて、紅琰様。滅多なことを言わないでください。魔界に長くいれば、神気が犯されるやもしれませんよ」

麗人の向かいに座る侍衛と思しき男が渋い顔で答えた。両人ともに、腰まである艶やかな黒髪の上半分を髻にし、長衣の上に黒い斗篷を羽織っている。目立たぬようにしているが、見るものが見ればただならぬ真気を感じ取れたに違いない。

階下を見下ろしたまま、紅琰が顔を隠すように開いていた扇をぱちりと閉じた。

艶めいた丹鳳眼にすっと通った鼻筋、花の顔が露わになる。すっきりとした黒い眉が透き通るような肌の白さをより際立たせ、偉丈夫でありながらもどこか甘やかで、男の色香を感じさせる。

扇子の先を侍衛に差し向け、紅琰は笑い飛ばした。

「馬鹿を言うな、冬柏。この私が滅多なことで神気を犯されるものか」

「異界ではなにが起きるかわかりません、魔族の始祖も元は天の神でした。それがいまや魔界の王です」

「ハハ、邪神が天界転覆を謀ったなどという老人どもの昔話も、どこまで真実かわかったものではないぞ。そもそも邪心を抱くことに神、仙、人、妖、魔の区別があるか？　質の異なる力のどちらが正か邪かを決める権利が天……」

「紅琰様！　それ以上は心の中に留めておいてください。……どのようなお考えがあるにせよ、やはりお忍びで魔界や人界を長く遊歴なさるのは感心しません。なぜなら」

冬柏は額に生やした三寸ほどの疑似角を指で突き、ことさらに声を低めた。

「紅琰様には、天帝の第二皇子としてのお立場と責務があるのですから」

額に生える枝角は、天族にはない魔族だけが持つ身体的特徴だ。魔界創世期に驪龍を調伏した魔族の始祖が、主従の証として角の一部を受け取ったからだと言われている。

天界と微妙な関係にある魔界に、高位の天族がお忍びで潜り込んでいることを知られれば、あらぬ疑いをかけられかねない。そのため、ふたりとも魔界に忍び込む前に、薔薇の棘で拵えた疑似角をつけて変装したのだ。

「……。花に水をやるくらいのこと、私でなくともできるだろう」

　紅琰が溜息をつき、脚付きの杯を口に運ぶ。

「精華宮の花はその辺の草花とは違います。この世の愛がことごとく枯れてしまったら、さすがの天帝もお怒りになるでしょう」

「いくら水をやろうとも、枯れるものは枯れる。愛の神でさえどうにもできぬ縁ならば、それはもう〝天命〟と諦めるしかないだろう」

　紅琰の住まう精華宮の奥には、百華王の庭と呼ばれる広大な花園がある。そこに咲く花のひとつひとつが、この世界に生きる者たちの愛だ。

　恋人もあれば夫婦もある。倫(みち)ならぬ恋もある。

　その花々に仙力と水を与えるのが紅琰の仕事だが、いくら丹精込めて世話しても枯れていく愛もあれば、反対に、なにもしなくても大輪の花を咲かせる愛もある。しかし、花園のどこを探しても、紅琰自身の愛はない。

「故意に毒で枯らされることがあるかもしれませんよ」

　含みのある返しに、紅琰は一瞬、真顔になった。

　側近として仕える冬柏とは、かれこれ千年を超える付き合いになる。文武に長け、如才(じょさい)ないところが気に入っているが、ほんの少し、小言が多いのだけが玉に瑕(きず)だ。

「……兄上に私は殺せない」

　神は長生不老ではあるが不死ではない。

ただ、なにが因由（いんゆ）となって元神（げんしん）が消滅するかは各々異なる。元神は仙力や命の源のようなものであり、人間で言えば魂に等しい。それが消滅するということは、転生できない死を意味する。神にとって、他者に知られたくない秘密のひとつだ。

「運がよかっただけかもしれませんよ。過去にも太子殿下に何度、毒を盛られたと？　母君が花神でなければ今頃きっと……」

「わきまえよ」

杯を置く強い音が響く。冬柏が素早くその場で跪（ひざまず）いた。

「口が過ぎました。罰をお与えください」

紅琰は小さく息をつき、深く垂れた従者の頭部を見る。

冬柏が言うことも、あながち間違いではない。

紅琰の生母は花神であり、豊穣を司（つかさど）る。彼女の白く柔らかな手は薬草や五穀の実りを紡ぎ出し、天帝と結ばれ天后となったいまも天宮の薬園で薬草を育てている。

母を見初めたとき、天帝にはすでに正妃がおり、第一皇子である月季（ユエチー）も生まれていた。側妃となり、紅琰を胎内に宿した母は、寵愛（ちょうあい）を妬（ねた）んだ正妃から幾度も毒を盛られたという。

皮肉なことに、紅琰が大抵の毒に耐性があるのはそのためだ。苦しまないわけではないが、死にはしない。

正妃の悪行が露見したのは、しばらくしてからだった。天帝の怒りに触れた正妃は廃后後、天界から永久に追放された。月季は天宮に残ることを許されたものの、罪人の子として後ろ指をさされる日々が始まったのだ。

後宮の軋轢がどうあれ、それでも兄弟の仲は睦まじかった。その関係が崩れ始めたのは、太子冊立のころからか。

「……もうよい。この通り私は生きているし、花を愛でることもできる。こうしてたびたび天界を出て人界や魔界で羽根を伸ばすのが唯一の愉しみなんだ。いまだけは忘れさせてくれ」

「は」

神妙な顔で頷く冬柏から視線を外し、紅琰は牡丹と鳳凰が描かれた扇子を開いた。気まずくなりかけた空気を払うように、ゆっくりとひらめかせる。

「公子、酒のお代わりをお持ちしました」

女の声とともに、白い手が黒瑪瑙の珠簾を掻き上げた。歩揺の垂玉を鳴らしながら、華やかな薄衣に身を包んだ女楼主が顔を見せる。

「これはまた、酒よりも美人に酔わされそうな」

魔族には、天族の美しさとはまた違った神秘的な華があるようだ。額に二本の角を持つこの楼主もまた年齢不詳の妖しい美貌を備えている。

女の肢体のような曲線を描く酒器から、しなやかな手つきで翡翠(ひすい)色の杯に酒を注ぎ、楼主はにっこりと微笑んだ。

「まぁ公子、お上手ですこと」

隣についた楼主から酌を受け、紅琰は機嫌よく杯を干した。

「胡姫(こき)の貌(かんばせ)は花の如く、壚(ろ)に當(あ)たりて春風に笑む。人界の繁栄ぶりもさることながら、近頃は魔界も勝るとも劣らないな」

「あら、公子は人界にお詳しいのですね。失礼ですが、おふたりはどちらから……」

ごほん、と冬柏が牽制するように咳払いした。紅琰に代わって作り笑いを浮かべながら楼主を見る。

「主は長く遊歴中でしたので」

「では、久々に魔界へとお戻りに？」

「そんなところだ。だから話題に疎(うと)くてね。最近起きた事件や、面白い噂話など聞かせてくれるとありがたい」

紅琰が空になった杯を差し出し、楼主に艶っぽい目で微笑みかける。

瑤草(ようそう)が巫山神女(ふざんしんじょ)の化身であるように、紅炎の化身は牡丹である。華麗な女性遍歴を持ち、天界きっての花花男子(プレイボーイ)で知られている。天界の色狼(しきろう)、天界一の色男等々、艶福家として名を馳せる紅琰の辞書に、恥じらいという言葉はない。

花貌が甘やかに咲きこぼれると、もの慣れた楼主ですら頬を染めた。

「え、ええもちろん……そうですね、最近一番の話題と言ったらやはり魔王宮かしら。王太子のお妃選びが始まったとか」

「魔王の世子は、成年になると同時期に正妃を娶るのが通例と聞いたが」

「ええ、その通りです。上に七人もの公主がおられますが、全員ご降嫁なさってますし、直系男子は王太子ただおひとりということで、王位を継いだ暁には大々的に後宮を構える予定だそうですよ。王の血を継ぐお子を増やすには、妻の数も多くなければ、と」

「ほう」

感心するふりをしながら紅琰は口許を緩ませた。現在の魔王は妾妃を持たないが、息子にはいったい何人の妾妃を娶らせるつもりだろうか。

「そのため、閨房教育を専任する師を急ぎ募集しているようですが、なかなか条件に見合う指南役が見つからず、難航しているようですよ。噂では、色事に長けた浮気者たちが、こぞって自薦しているとか」

ふたりのやりとりを聞いていた冬柏が皮肉っぽく呟いた。

「いやしくも魔王の血族が、人界の真似事ですか」

人界の皇帝は後宮に何千人もの美女を囲い、何百人も子を産ませていると聞く。気の多さでは天帝も負けてはいないが、実子の数は多くない。

「まぁそう言うな。王の血統を守るためなら四の五の言っていられまい」

絹を引き裂くような悲鳴が聞こえてきたのは、その時だった。

咄嗟に腰に手をやる冬柏を目で制し、紅琰は簾を上げ身を乗り出して階下を眺める。

どうやら、酔客(すいきゃく)が芸妓に絡んでいるらしい。供を連れた男が若い芸妓の腕を掴み、部屋を用意しろなどとわめいている。

「あれは?」

紅琰が男を扇子で指すと、楼主は蛾眉(がび)を顰(ひそ)めて答えた。

「高級官僚のドラ息子ですよ。親の権力を笠に着て、あちこちの妓楼の娘たちにちょっかいを出していたのですが、ここ数日は、うちの子にしつこく言い寄って困っているのです」

高官の息子なら、周りも手を出しづらいのだろう。

明らかに嫌がっている芸妓を遠巻きに眺めるだけで誰も助けようとしない。

「二……っ紅琰様!」

気配を察した冬柏が慌てて立ち上がる。だが一瞬早く、長い足が軽やかに二階の勾欄を蹴っていた。

「ああもう！　目立つことはしないでくださいって、あれほど言ったのに！」

腹心の嘆きを他所に、紅琰が宙に身を躍らせる。途中、投げた扇が不埒な客の額に命中し、情けない悲鳴が上がった。

広袖丈長の衣を靡かせながら、紅琰がひらりと一階の人の輪の中に舞い降りる。楽の音が止み、楼内の視線が一挙に彼に集まった。

「クソ、無礼者……っ」

唾を飛ばして怒鳴りかけた酔客に、空中で脱ぎ捨てた斗篷がばさばさと覆い被さる。

店内にクスクスと笑い声が広がった。

「どこの貴人かは存じぬが、店をお間違えではないかな」

従者に助け出された酔客が、真っ赤な顔で紅琰に向かってくる。

「いい度胸だな！　貴様こそ何者だ！」

すっと身を躱し、紅琰は殴りかかってきた手を掴んだ。酔客の身体が宙で回転し、次の瞬間には仰向けに転がっていた。なにが起きたかわからないまま、天井を眺める男の顔を、紅琰が立ったまま覗き込む。

「ただの風流人だ。ここは青楼。教養のないものが花を買う場所ではない」

青楼は詩歌管弦を楽しむ高級酒楼であり、春を売るだけの妓楼とは一線を画す。とはいえ、ここの妓女が客と身体の関係は一切持たない、というわけではない。魚心あれば水心あり、だが、互いの意思疎通なしに金さえ払えば抱ける店でないことは確かだ。

「風流を解さぬ男はモテないぞ」

嫌がっていた芸妓を逃がし、紅琰は扇子を拾い上げる。こんな場面は人界の戯曲や講談の中でしかお目にかかれないと思っていたが、そうでもないようだ。

「フン、どこの馬の骨か知らんが口を出すな。あの女は俺が身請けする」

「彼女は嫌がっているようだぞ。落花流水の情と言うだろう？　振られたなら潔く身を引くのが君子というもの」

「うるさい！　こいつを殺せ！」

　酔客が唾を飛ばして叫ぶと同時に、従者たちが剣を抜いた。

　切りかかってくる剣先を躱し、紅琰は思わず笑みを浮かべる。天界では味わえない解放感に胸が躍る。

　いつもの癖で、結髪の根元に挿した笄（こうがい）に手をやり、すぐに思い直した。

（ここで剣を抜くわけにはいかないな……）

　紅琰が髻に挿している棒状の髪飾りは、『花苞剣（ファバオジー）』の名前を持つ法器である。牡丹の蕾を模したこの笄を、本来の形である剣に戻して使いこなせるのは、主たる百華王のみ——つまり、花苞剣を揮（ふる）った時点で、自ら名乗ったも同然なのだ。

「おっと……」

　首を狙う刃をしなやかにのけぞって躱しながら、従者の手首を蹴り上げる。手から離れた剣が落ちる前に掌底を叩き込み、そのまま派手に吹っ飛ばした。背中から柱に叩きつけられた従者が、ずるずると座り込んで動かなくなる。

襲いかかってくる剣豪をいなしながら、紅琰は己の身ひとつで次々と叩きのめしていった。すらりとした肢体が跳躍するたび、細腰を締める金糸の帯がきらめき、羊脂玉の佩玉が光を放つ。黒髪が宙に躍り、身に纏う絹の衣が優雅に靡くその様は、まるで剣舞でも見ているようで観衆は言葉を忘れた。

「まだ、やるか？」

最後の一人を倒した紅琰が、酔客を振り返る。

「……っ野郎！」

床に落ちた剣を拾い上げ、男がめちゃくちゃな動きで向かってくる。指一本でも倒せそうだが、魔界の貴人を傷つけると後が面倒だ。宙に飛び上がった紅琰は、相手の背後に着地するやいなや、項に手刀を振り下ろした。酔客が呆気なく白目をむいて昏倒すると、一部始終を見ていた客や娼妓たちが手を叩いてはやし立てた。

「いいぞ！　もっとやれ！」

屈強な男たちが赤子の手をひねるように次々と倒されていく様は、彼らにとっても胸がすく光景だったようだ。頬を染めた妓女たちが紅琰の腕を取り合うように、四方から押し寄せる。娘の婿になってくれ、いや孫娘の婿にどうだ、一杯おごらせてくれなどと男性客たちまでが集まってきて、楼内はかなりの騒ぎになってしまった。

「公子！」

　野次馬を掻き分けながら近づいてきた楼主を見つけ、紅琰が申し訳なさそうに言う。

「楼主、騒がせたお詫びに料金を上乗せしよう。ならず者は役人に引き渡……いや、それはまずいか」

　冬柏から、目立つことはするなと念を押されていたことをいま思い出してももう遅い。考えるより先につい動いてしまったが、きっと怒られるに違いない。

「もし、そこのお方……」

「申し訳ない、後にしてくれ。困ったことになったな」

　背後から男性の声が聞こえたが、いまは優しく妓女たちをあしらうのに忙しい。

　粉黛(ふんたい)の香りにまみれ、紅琰は二階を見上げる。案の定、苦虫を噛み潰したような顔で階段を駆け下りてくる冬柏の姿が見えた。もうここにはいられそうにない。

「もし……」

「ああ、申し訳ないが婿にはなれない。さっきは落花流水の情と言ったが、私の場合は落花情あれども流水意なしといったところで……」

「太傅(たいふ)殿！」

　傍らで楼主が急に声を上げ、緊張した面持ちで跪拝(きはい)した。刹那、取り囲んでいた野次馬はおろか、席で飲んでいた者たちまでが一斉に平伏(へいふく)する。大騒ぎだった楼の中は一瞬で静まり返った。

「……ん？」

振り返ると、先程からしつこく声をかけてきた男性が立っていた。品のいい白髪に白髭を蓄えた老爺だ。身に纏う衣冠や腰の玉佩からも、かなりの身分であると思われる。

――いや、さっき太傅と言ったか？

太傅。平たく言えば、王の子息を教え導く師のことだ。

（まずいぞ）

慌てて抱拳礼をした紅琰に、老爺は「よい」と言いながら腕を解かせた。

見た目には老人の姿をしているものの、実際の年齢はわからない。神族も魔族も、年齢と外見が一致するとは限らないのだ。老人は人々を遠ざけると紅琰を端の席へと誘った。

「偶然居合わせたが、白刃を踏むそなたの姿に感服した。一献、いかがかな」

「いや、それには及ばぬ。おっと、いや、及びません」

「では、お名前だけでも伺いたい」

太傅が目配せすると同時に、屈強な男たちが店に入ってきた。床に伸びたならず者たちをてきぱきと店の外に引き摺り出していく。大きく開かれた扉からちらと外を見ると、楼の前の大通りには、立派な馬車が停められてた。

「……名乗るだけでは済まないようですが」

太傅は柔和な表情を浮かべて笑った。

だが、ふさふさとした白い眉の下にある目は鋭い眼光を湛えている。

「実は、そなたを王太子の指南役として魔王宮にお招きしたいと思ったのだ」

こんな場所で突然なにを言い出すのだ、と紅琰は目を丸くした。

魔王宮の王太子。つい先程、話題に上った、魔王のひとり息子だ。

「なにゆえ?」

思わず間抜けな声を出した紅琰に、太傅は当然とばかりに答えた。

「王太子を導く師ともなれば相応しい品格を備えていなければならぬ」

「ならばなおさら、私のような一介の遊侠には荷が重い。それに、指南といっても私に教えられることなど……武術の腕にしても護身がいいところです」

紅琰の師父は五位尊神でも護身を司る西斗星君だ。軽功と剣術の腕はそこそこだと自負しているが、魔王太子につける師父なら、もっとふさわしい武の達人がいるはずだ。

「いやいや、そっちではない、あっちのほうだ」

「あっち? あっちとは、どっちのことで……」

固まる紅琰の前で、ゴホンと白髪の太傅が咳払いする。

「武術ではなく、閨房術だ。無論、報奨は弾む」

『こうして偶然、居合わせたのもなにかの縁、招聘に応じていただきたい』

青楼の楼主から聞いた話の通り、太傅は紅琰を閨房指南役として迎える気だった。

女性との接し方や色事の手順を教えられる、若い男性の師を求めている。なにぶん急を要するので、才色兼備で故由をも備えていれば出自は問わぬ——魔王の出した条件に、紅琰はぴたりと当てはまっていたのである。

たしかに、指南役が枯れきった老爺では、教える側も教えられる側もつらいものがあるだろう。その点、紅琰は女の扱いを熟知したタラシであり、閨での作法や閨房術にも精通している。

『とんでもない！　二……っじゃなくて紅琰様！　なに考えてるんですか、駄目ですよ！』

紅琰のまんざらでもない顔に、いち早く反応したのは冬柏だった。

魔王の前で紅琰の正体が発覚すれば大問題に発展しかねない。

『貴殿の名は、紅琰殿と申されるか』

動揺のあまり、うっかり口を滑らせた冬柏が青ざめる。

だが、紅琰は落ち着き払って答えた。

『さようにございます』

天宮では息をひそめ、朝議でも滅多に口を開くことはない。いまでは口上手で美貌だけが取り柄の放蕩息子が板につき、百華王の通り名の方が知られているほどだ。お陰で、堂々と名乗っても、紅琰が天帝の第二皇子本人だと気づいた者はその場にだれもいなかった。

『では紅琰殿。逆にお聞きしたいのだが、この要請を断る理由はなんですかな』

『それは……』

『よもや罪人、もしくは魔界にいてはならぬ者、などというわけではありますまい？』

太傅のわざとらしく怪しむ口調に、兵士たちがふたりを取り囲む。不穏な空気が漂い、冬柏もまた紅琰を守るように立ちふさがった。軟剣を忍ばせた帯に手をかける。

先程の不埒者とは違い、かなりの手練れ揃いだ。これ以上、騒ぎを起こすのは得策ではない。

紅琰は静かに口端を上げた。

『いいえ、決してそのようなことは。ただ、恐れ多いだけのこと』

ようは正体を知られなければいいだけのことだ。魔王太子に淫を誨え欲を導くなんて面白い機会、滅多に得られるものではない。

紅琰は胸の前で抱拳すると、恭しく臣下の礼を取った。

『ではこの紅琰、謹んでお受けいたします』

『紅琰様！』

喜ぶ太傅とは裏腹に、冬柏はいまにも血を吐きそうだ。青を通り越し、殭屍のような顔色になった侍衛の耳に、紅琰はひそひそと囁いた。

『太傅は、ずいぶんと人材にお困りの様子だ。遊侠の端くれとしては、困っているご老人を見捨てるわけにはいかない』

『……。そんなに天界に帰るのがお嫌ですか』

『まぁまぁ。未来の魔王の閨房指南役なんて、最高に面白い暇潰しじゃないか』

『……。二殿下のそういう性格、いつになったら治るんですか……！』

冬柏が恨めし気に紅琰を見る。

だが紅琰は咳払いし、胸を張ってもっともらしい言葉を並べ立てた。

『いや暇潰しだけではないぞ。これは魔界や魔王家に探りを入れられる絶好の機会でもある。なに、露見しそうになったら適当に姿をくらまして逃げればいい』

仕掛けたわけではなく、向こうから転がり込んできた縁だ。

あわよくば、天界にとって有益な情報のひとつやふたつ、探れるかもしれないではないか。

『それなら自分も一緒に……』

『いやいや、それには及ばない。ふたりで乗り込んだら目立つだろう』

紅琰は慌てて遮った。ひとりで自由を満喫できる絶好機なのに、侍衛がついてきたら台無しだ。

『……わかりました。出来るだけ早く天界にお戻りくださると約束してください』

言い出したら聞かない紅琰の性格を思い出したのだろう。冬柏が観念したように溜息をつき、小声で釘をさした。

『よろしいですか、くれぐれも正体を悟られないように。人目のあるところで仙術を使うのもやめてくださいね。花…、法器なんてもっての他ですからね！』

『わかったわかった、それより天帝への言い訳は任せたぞ』

主従の契約により、異界で花苞剣を使えば一瞬で冬柏に伝わる。天界から護衛が駆けつける事態に陥るのは紅琰としても避けたいところだ。

『ささ、紅琰殿、早速参りましょう。お役目が終わるまで不自由はさせません』

冬柏の死んだ目と、太傅の晴れ晴れとした顔には天と地ほどの落差があった。

そこからはあれよあれよという間に紅琰は太傅に伴われ、魔王宮で魔王に拝謁(はいえつ)した。そして正式に魔王太子の閨房指南役として宮中に迎えられ、宮殿の一角にある迎賓楼に仮の居を与えられたのである。

『王太子をよろしく頼む』

初めて相まみえた魔界の王は、正殿の数段高い位置にある玉座に座っていた。きらびやかな珠簾の向こうから、側仕えの者を介して二言三言交わしただけで、ほとんど顔も見ていない。だが、ちらりと垣間見た威厳に満ちた魁偉な風貌、ことに額に生えた鋭い黒角と、黒い龍袍を纏った堂々たる体躯は驚くべきものだった。

もし紅琰の正体が露見したら、魔王に八つ裂きにされるかもしれない。

その危険を知りつつも、紅琰の頭に立ち去るという考えは一切なかった。

どうせどこにいようと、月季の手の者が常に紅琰の身辺を張っている。知っていながらわざと見張らせているのは、そのほうが安全でもあるからだ。ただ、強固な結界に守られた魔王宮は警備も厳重で、天界の手の者を日常的に潜ませることは難しいに違いない。

身分さえ隠し通せば、侍衛や兄の目の届かない別天地で羽を伸ばすことができる。天界にいるときと同じように大勢にかしずかれ、王太子を教える時間以外は自由に過ごせるという破格の待遇でだ。

ただ、ひとつだけ想定外だったのは、酒はともかく、食事が口に合わないことだった。

（厚意はありがたいのだがな……）

紅琰とて、人界を遊歴中に臭魚やら田鶏やらといった珍味を味わったこともある。

だが、魔王宮の宮廷料理は、少しばかり様子が違った。

魚香風味のタレをからめた蠔の蒲焼は鼻がもげるほど生臭く、甘酢餡をかけた水鬼肉の唐揚げはぶよぶよしていて噛んでも噛んでも噛み切れない。三虫の素揚げは一匹一匹が叫び出しそうな表情を浮かべていて食欲どころではなかったし、猩々が頭蓋骨を切り取られ、脳みそ丸出しで皿に載せられてきたときには、思わず箸を置いてしまった。恨めしそうな顔の怪猿と目が合ってしまったからだ。

神仙は、外見こそ人間と瓜二つだが、本来、食べる必要もなければ排泄もしない。ただ仙桃(せんとう)や霊芝(れいし)などの甘美な酒食を好むのは、それが神仙にとっての娯楽だからだ。

年に一度の蟠桃会(ばんとうえ)でも、神仙は奇鳥や仙獣たちの舞踊りを楽しみながら蟠桃に舌鼓(したつづみ)を打つ。妖魔神獣の肉を料理して食べようなどと、天族は考えたこともないのである。

「この辺でいいか」

迎賓楼を抜け出し、土と水のある場所を求めて彷徨(さまよ)った末に、紅琰は園林の池のほとりで足を止めた。

たしか、无花果(いちじく)の種があったはず、と袖の中を探る。取り出したのは、どんなものでも無限に入れておける便利法具、乾坤袋(けんこんぶくろ)だった。

(種は……あった、あった)

中にあった種を地面に埋め、仙力の小刀で指先を切る。そこに自身の血を一滴垂らすと、紅琰は立てた中指と人差し指の先から仙力を注ぎ始めた。

「栄華秀英(えいかしゅうえい)、我が命に応じよ」

種を埋めた地面がぼこりと盛り上がった。

ほぐれた土から緑の芽が顔を出し、するすると空に向かって伸び始める。細い木は緑の葉を茂らせながら、ほどなく紅琰の背丈と同じくらいにまで成長した。枝先に次々と蕾がつき、はち切れんばかりに膨らんだ花嚢が薄く色づいて、ほのかな甘い匂いを放ち始める。

豊満な乳房のようにたわわに実った无花果に、紅琰は手を伸ばした。

ひとつをもぎとり、豪快にかぶりつく。

「甘い……」

西王母の蟠桃には及ばないものの、妖肉珍味フルコース後の无花果の優しい甘みは天からの慈雨に等しい。大きく柔らかな花嚢から練乳のような汁が滴り、内側に咲く無数の小さな赤い花が口の中でぷちぷちと弾けながら甘く蕩ける。

紅琰はいくつか花嚢をもぎとって袖に入れると、木を撫でるように袖を一振りした。袖からきらきらと金色の粉のような光が降り注いだかと思うと、次の瞬間、木は嘘のように跡形もなく消え去っていた。

魔界、それも陰の気が強まる夜は特に瘴気が満ちている。たとえこのまま放置しても、朝までには枯れてしまうが、わざわざ証拠を残すこともないだろう。

无花果をかじりながら、紅琰は上機嫌で夜の庭園を歩き始める。

魔界の王都は、四方が市壁で囲まれた城郭都市だ。その都城の北に位置する王宮もまた高い城壁に囲まれ、数多の殿舎や御花園を備えている。決して華美ではないが、広大な敷地内に建つ宮城や庭園はいつか人界で見た天子の居城にも似て、悪くない。

「花間一壷の酒、独り酌んで相親しむもの無し。杯を挙げて名月を迎え、影に対し三人と成る……」

詩句を口ずさみながら、舞うような足取りで洞門をくぐる。

ここに花はないが、自分を知る者もいない。しがらみもなく、侍衛もおらず、紅琰というただの遊侠がいるだけだ。明日には魔王太子に目通りし、閨房指南役としての日々が始まる。

なんて自由なのだろう。あまりに順調にことが運ぶものだから、少々浮かれすぎていたのかもしれない。

「おっと」

宮殿内を巡回している衛兵らと鉢合わせしそうになり、紅琰は慌てて石灯籠の陰に隠れた。だが、夜目が利く魔族の目は誤魔化せなかったようだ。

「何者だ！」

衛兵のひとりが誰何の声を上げる。

紅琰はとっさに壁を蹴り、ふわりと屋根の上に飛び移った。

王太子の指南役として招かれた身とはいえ、この真夜中に宮中をうろついていれば刺客と疑われても仕方がない。捕まって通用するかわからない言い訳をするよりも、逃げるが勝ちだ。

衛兵たちが集まってくる中、紅琰は三宮六院の屋根の上を軽やかに駆け抜けた。屋根から屋根へと飛び移り、追っ手を振り切ったところで足を止める。

ふと見上げれば、雲間の月が浮かんでいた。

天地の果てで見る月も悪くはない。

騒ぎが静まったらこっそり部屋に戻るとしよう。

悠々と裾を跳ね上げ、紅琰は屋根の上で胡坐をかいた。

酒があればなおよかったが、贅沢は言うまい。袖から、先程もいだばかりの无花果を取り出して口を開ける。

だが、歯を立てる前に、背後から伸びてきた手に无花果をひょいと取り上げられた。

「！」

この瞬間まで、まったく気配に気づかなかった。

――本当に、月と三人になるとは。

「だれだ？」

平静を装い、ゆっくりと立ち上がって振り返る。

誰何された相手は気分を害したようだ。

「それはこちらの台詞ではないか。こんな夜更けに寝所の真上でつまみ食いなど、無礼にも程がある」

月に薄雲がかかり、相手の顔立ちはよく見えない。だが声からして女性ではないだろう。

黒一色の衣を纏った身体はすらりと若くしなやかで、自分よりも一回り小柄のようだ。

「寝所とは知らずに失礼した。怪しい者ではないのだが」

どう見ても不審者だが、他に言いようがない。丁寧に抱拳礼をしてから顔を上げる。対峙した相手は不意をつかれたかのように息を呑み、次いで苦笑したのがわかった。

「たしかに、刺客ならば間抜けすぎる」

互いの黒髪が夜風に弄ばれる。

ゆっくりと流れる雲から、ようやく月が顔を出した。

うるさそうに髪を掻き上げた相手の顔が、青白い光に照らし出される。

相手の容姿が露わになり、紅琰は二度瞬きした。

これはまた、近寄りがたい。凛々しい眉に、黒々と澄んだ瞳。唇はやや厚く、顔の輪郭は鋭い。緩く合わさった衿許から覗く首は白く長く、立ち姿はまさに月下佳人といったところか。

(なんという、綽約たる風姿かな……)

鼻筋が通った理知的な顔立ちは、しかしよく見るとまだどこかあどけない。年のころは千歳に満たないくらい、人間ならば志学をいくらか過ぎた頃合いだろうか。魔族の証である角はまだ細く短いものの、纏う真気から、相当の武術の使い手であることが窺えた。

「争う意思はない。だが、向かってこられたら身は護らなくてはならぬ。……というわけで、見逃してもらえないか」

両腕を軽く広げ、距離を取りながら様子を窺う。得物も方術も使わずに、この相手を打ち負かすのは容易ではないだろう。

黒衣の美少年は、手にした无花果の臭いを嗅ぎ、凛々しい眉を顰めた。濡れた瞳が冷たい月光を反射する。

「甘いな。ここでなにをしていた？」

「いやなに、今宵は月が美しくてな。散策しているうちに、迷ってしまった」

嘘ではない。なにしろ、広大な敷地内に似たような宮殿群が立ち並んでいるのだ。

悪びれずにそう答えると、少年は声を立てずに笑った。片手で毬（まり）のように无花果を弄びながら、棟瓦の上を歩いて近づいてくる。

「無礼者。ここをどこだと思っている」

「はて、どこだったかな」

とぼけたもの言いをしつつ、少年が近づくたびに一歩一歩後ろに下がる。

できれば戦闘は避けたい。距離を測りながらじりじりと後退していた足が、とうとう屋根の端に到達する。

「っ！」

次の瞬間、あたかも足を踏み外したかのように、紅琰はバランスを崩した。

後ろ向きに倒れ込むその先にはなにもない。落ちていく紅琰と、少年の視線が一瞬、交差する。

宙を落下しながら、紅琰は助かったと胸を撫で下ろしていた。

追いかけてまでとどめを刺すつもりはなさそうだ。

建物の死角に入ったら、瞬間移動術で逃げればいい。だが、印を結ぶ前に黒い影が視界をよぎった。同時にふわりと身体が持ち上がる。

(なっ……⁉)

力強い腕で腰を抱き寄せられ、勢いのまま空中で幾度か回転する。少年の凛々しい顔を間近に見つめながら、紅琰はぽかんと口を開けた。

——不届きな侵入者を、なぜ助ける？

女を抱き留めたことはあっても、自分が抱き留められた経験はない。しかも相手はどう見ても自分より年下の少年だ。無様に地面に落ちた方がまだましだったかもしれない。

衝撃を受けた紅琰は、地に足がついた後も腰を抱かれたまま、振りほどくことさえ忘れていた。

「…………」

いったい、この少年は何者だろう。

装いや立ち居振る舞いからも、やんごとない身分にあることは予想できる。少なくとも宿直の軍関係者や官吏(かんり)ではなさそうだ。未成年でこれほどの修為を持ち、宮中を自由に歩き回れる身分の者――。

近づいてきた複数の足音に、はっとする。

いま衛兵に突き出されたら一巻の終わりだ。

咄嗟に相手の胸を押した手を逆に掴まれ、片腕でなおも腰を引き寄せられる。目の前に少年の顔が迫り、紅琰は大きく上半身をのけぞらせた。腰の手が背中に移動し、相手の長い髪が幕(カーテン)のように顔になだれ落ちてくる。

同時に、駆けつけてきた足音が、少年の背後で止まった。音で距離を測りながら、紅琰の身体が緊張で固くなる。相手にもそれは伝わったはずだ。

「あっ、こ、これは」

衛兵たちが地面に膝を突いたのだろう。鎧が立てる鈍い金属音が短く響いた。

「無礼者」

彼らに背を向けたまま、少年が冷ややかに言い捨てる。

(いったい、なにを考えている……)

紅琰は息を殺し、吐息がかかるほどの距離で少年の顔を見つめる。

この体勢なら、衛兵たちに顔を見られることはないだろう。いま紅琰が羽織っている上衣は体型を隠せるほどゆったりと長く、男女の区別はつきづらい。むしろ取り込み中と誤解されてもおかしくないような状況だ。

先頭にいる衛兵が、俯いたまま口を開いた。

「宮中で曲者が出没したという情報がございまして、異常はないかと」

「曲者などここにはおらぬ」

紅琰の顔を見下ろしたまま、少年が平然と言ってのける。だが彼の目にかすかな笑みが浮かんでいるのを、紅琰は見逃さなかった。

(愉しんでいる……?)

幼い少年の顔をしていても、やはり魔族なのだ。捕縛して兵に突き出すのではなく、自身でいたぶるつもりかもしれない。

少年は声に感情を出さないまま、どこかで聞いたような台詞を告げる。

「今宵は月が美しい。無粋な真似は控えよ」

「はっ!」

恭しく後退った衛兵たちが踵を返した。来た時と同じように鎧がこすれ合う金属音を響かせながら小走りに立ち去っていく。

足音が聞こえなくなると、紅琰はぱっと身体を起こして距離を取った。身構える紅琰に、少年が「怪我はないか」と優しく訊ねる。

「……え?」

身構えていた紅琰は呆気にとられる。

「なさそうだな」

一点の曇りもない瞳に、彼が本気で言っているのだと気づいた。

もしかして、空中で抱き留めてくれたのも、本当にただ助けようとしただけだったのか。

紅琰ほどの武術の使い手なら、あの高さから飛び降りても怪我などしない。だが少年にそれが見抜けたかどうか。正体不明の侵入者に手を差し伸べたのも、ただの親切心からだったとしたら。

紅琰は咳払いし、乱れた衣冠を正した。

「問題ない。さっきは助かった。この借りは必ず返す」

「必要ない。それより名前を教えてくれ」

少年と言ってもいいくらいの年齢の男の顔をまじまじと見る。

名乗るどころか、今夜のことは早く忘れてほしいくらいだ。

「いや、なに、名乗るほどのものでは」

「では、あなたを月下美人の君と呼ぼう」

「紅琰だ」

こっ恥ずかしい台詞に被せるように早口で答える。

大人を揶揄うなんていい度胸だが、今夜は分が悪い。

紅琰は軽功でひらりと高く飛び上がり、軒の上に立った。

「では少年、失礼する」

「待て」

まだ、なにかあるのか。

首だけで振り返ると、さっきの无花果が放物線を描いて飛んできた。

袖の中にでも入れていたのか、掌にようやく収まる大きさのそれはひんやりと冷えている。片手で受け止めた紅琰に、少年が朗(ほが)らかな笑みを向けた。

「おやすみ、紅琰美人」

聞こえなかったふりをして、その場から飛び去る。

百華王にとって美しいという言葉は耳慣れた賛美だ。だが美人と称呼する相手は、嫦娥(じょうが)すら嫉妬した貂蝉(ちょうせん)のような美女こそがふさわしい。それを生意気にも、男と知った上で紅琰を揶揄うとは。

「子供は早く寝ろ、大きくなれないぞ」

大きく跳躍しながら、小声で悪態をつく。

——顔が熱い。

失態への羞恥だけではない。驚きと焦り、そして苛立ちにも似た高揚感。まるで春の嵐のように、悔しいほど様々な感情が自分の中で渦巻いているのがわかる。

月が眩しいと感じたのは、初めてのことだった。


「顔を上げよ」

翌日、太傅とともに東宮を訪れた紅琰は、その声に嫌な予感を覚えた。

顔を上げ、その予感が当たっていたことを知る。

「そなたのことは太傅から聞いている」

昨夜、屋根の上で出会った美少年が、そ知らぬ顔で言う。

ここが上書房と呼ばれる魔王太子の書斎であることは疑いようがなかった。

重厚な紫檀の書机、巻物や書がぎっしりと積み上げられた書架が並び、室内には品の良い薫香に交じって最上級の墨の香りがかすかに漂っている。なにより、少年が着ている黒色の袍は魔蚕が吐いた特殊な絹で作られており、身に纏えるのは魔王と王太子のみだ。

紅琰は再び腕を伸ばして拳を包み、深々と一礼した。

「一介の遊侠に過ぎない私にはもったいないお言葉……」

王太子が片手を上げ、よい、と紅琰の両腕を下げさせる。

「今後は太傅と同様、礼を免じる。いまは、こちらが教えられる側なのだ、老師」

「老師などと呼ばないでください、爺くさ……いえ、恐れ多い」

大役を任されたのは事実だが、実際に教え導くのは小難しい学問でも武術でもなく、後宮での閨房術だ。老師、などと大それた呼び方をされては居心地が悪い。

そうか、と美少年が顎に手を当て、ふと人の悪い笑みを浮かべた。

「わかった。では、月下美人と呼……」

「殿下！　名前でお呼びいただければ光栄にございます」

冷や汗と青筋を同時に浮かべながら紅琰はにっこりと微笑む。

「本人がそう望むならば、紅琰先生、とお呼びしよう」

――なにが紅琰先生、だ。大人を揶揄うとあとで痛い目に遭うのだぞ。

傍らに控える太傅に、王太子は無邪気な作り笑顔を向けた。

「太傅、下がってよいぞ。紅琰先生には、初対面のときから他人とは思えないほどの親情を感じた。よくぞ連れてきてくれた、感謝する」

「恐縮にございます。では、本日から……」

「ああ、早速いまから教えを請いたい」

王太子が体よく太傅を追い出し、いよいよふたりきりになる。

逃げようのない沈黙の中、紅琰は床に膝を突いた。長い衣の裾が波打つように床に広がる。

「昨夜の非礼をお許しください、王太子殿下」

王太子がくっくっと笑いながら近づいてきた。紅琰の腕を取って立ち上がらせる。

「もうよい、怒っておらぬ。また会えて嬉しく思うぞ。だが今後は気をつけてほしい。真夜中に東宮の寝殿に迷い込んで命があったのは、そなたが幸運だったからだ」

言われてみれば昨夜、自分が足を止めたのは正殿の東側にある殿閣だった。

ここをどこだと思っている——などと聞かれるまでもない。彼の助けがなかったらどうなっていたかは、推して知るべしだ。

「なぜ昨夜、私の言葉を信じてくださったのです？」

「言っただろう、刺客にしては呑気過ぎる。それに、過ちに気づくとすぐに謝った。軽功の使い手でありながら、屋根から落ちたふりをして逃げようとするし……本気で害する気なら、そんなことはしないだろう？」

呑気はさておき、即座に謝ったのは正解だった。でなければ、いまごろ天地がひっくり返るほどの騒ぎになっていただろう。紅琰は殊勝な表情で拳を包む。

「さすがは殿下、恐れ入りました」

「心にもないことは言うな。堅苦しいのも好かぬ。さっきも言ったように、こちらが教えられる側なのだ。いちいち許可を求めたり、官吏のような馬鹿丁寧な話し方も必要ない」

王太子が袍の裾を後ろに跳ね上げ、書机の前に座る。

尊大な態度にも見えるが、さっぱりとした寛容な性格なのは間違いない。

紅琰としても、その方が気が楽というものだ。

遊侠を装ってはいるが、本来は天帝の第二皇子、うっかりすると地が出てしまう。だが王太子自身が許可したのだから、遠慮はいらない。

「紅琰先生、早く始めてくれ。太傅が無理を言ってそなたを招聘したのだろう。大礼を迎えるまでに、覚えることがたくさんあると聞いている」

「わかりました。では、早速」

おもむろに袖の中から教本を取り出し、もっともらしい顔で頁をめくる。

男に魔族も天族もない。ここに来る前に太傅から渡された教本の内容が、紅琰も気になっていたところだ。

「えー、なになに、花にはおしべとめしべが……んんっ」

目を疑い、紅琰は咳払いで誤魔化した。

いったいどんな性秘術が載っているのかと教本を開いてみれば、一頁目から〝おしべ〟と〝めしべ〟ときたものだ。

『殿下はまだほんの童でいらっしゃる。大礼を迎えるまでの短期集中とはいえ、一から丁寧に導いてほしい』

書房に来る道すがら、太傅から言われたことの真意を噛み締める。

先は長そうだが、王太子の大礼までそれほど時間があるわけではない。輿入れした妃はみな、夫の夜の来臨を心待ちにするものだ。彼女たちの充実のためにも、持てるだけの色情知識と技術を、この少年に伝授しなければ。

「紅琰先生、どうしたのだ?」

謎の使命感をよそに、王太子は机の上に教本を開き、紙と筆まで用意して行儀よく待っている。澄んだ瞳は真剣そのものだ。

「……。絵の方がわかりやすいでしょう」

紅琰は書机を挟んで王太子の正面に座った。

手元の紙に墨を含ませた筆先をさらさらと走らせる。一枚には牡丹の断面図、もう一枚には裸の男女が睦み合う絵を描いた。我ながらかなりの出来だ。

合歓綢繆（ごうかんちゅうびゅう）の意味を知らなくても、この年頃の男子なら春宮画の一冊や二冊、見たことくらいはあるだろう。だが王太子は絵と紅琰を交互に見比べ、戸惑いの表情を浮かべた。

「こちらは見事な牡丹だが……、この男女は、なにをしているところなのだ?」

紅琰は静かに目を閉じ、指先で眉間を押さえた。

まさかのまさかだ。

聡明で大人びたところもある王太子が、本来なら学友と艶本（えんぽん）を貸し借りするうちに覚えるような色情（エロ）知識すらご存じない。

なぜ——いや、考えてみればこの王太子、七人の姉に囲まれて育った末っ子のお坊っちゃまだ。

魔王宮には天宮のような書院がなく、同じ年頃の臣下の子らと机を並べる機会もない。幼いころからその道の大家と呼ばれる師をつけられ、六芸から武術まで一対一で学んできた彼には、春宮画どころか、同じ年頃の女性を紹介してくれる悪友すらいなかったのではないか。

（だから私のような者を選んだわけか……）

目蓋の裏に太傅のしたり顔が浮かぶ。だが雄蕊と雌蕊から始めていては、閨房のいろはに辿り着く前に王太子の初夜が来てしまう。

紅琰は気を取り直し、哀れな王太子の書机に身を乗り出した。

猥談…いや真面目な性教育をするときは、距離は近い方がいい。天界きっての花花男子の名に懸けて、この紅琰、必ずや王太子を魔界一の竿師に育て上げてやろうではないか。

「まずは器官から説明しましょう。雄蕊、これが陰茎にあたります。受粉すれば雌蕊の下の子房が膨らみ、実ができる。殿下の場合は、子種を子宮に注ぎ込み、受精すれば子ができます」

ふたつの絵を結びつけながら説明すると、王太子は頷きながらふと訊ねた。

「昨日そなたが食べていた実もそのようにできたのか？」

「あれは実ではなく花なのですよ、殿下」

ちょうどいい。紅琰は袖に手を入れ、乾坤袋から昨日の残りの无花果を取り出した。天界の无花果は雌雄一体だが、紙に描くよりわかりやすい。

「そう、それだ。花弁なんてなかったぞ、蕾なのか？　その甘ったるい匂いも昨日初めて嗅いだ」

「花弁のない花が、中で咲いているのです。ほら、ここに穴があるでしょう。この穴から漏れ出る甘い匂いに誘われて蜂が入り込むのです」

花嚢の尻の部分を見せると、王太子が目を丸くする。好奇心旺盛で素直なところは年相応だ。

可愛い男の子に、少し実践的なことを教えよう。

紅琰はおもむろに、王太子の右手を取った。軽く握らせ、人差し指を无花果の穴の中に差し込ませる。驚く王太子の左手に、紅琰は花嚢を持たせた。

「ご自身で触ってごらんなさい。浅い場所には雄花があり、奥に雌花の花柱があります。花粉をつけて奥に進む蜂に引っ掻かれ、掻き混ぜられて、この花は受粉するのです」

言われるままに、王太子はおそるおそる中を指で探り始めた。

「あ……柔らかい……」

机の上で学べる知識など、たかが知れている。

閨事は精気の循環であり、身体と心を通じ合わせる行為だ。頭でっかちな童貞ほど厄介なものはない。知識ばかりを詰め込むよりも、見て触って体感するほうがいい。

「殿下、受粉させるんですよ。蜂の代わりに指で」

「穴が裂けそうだぞ」

長い指を中ほどまで花嚢に埋め、王太子は戸惑った視線を紅琰に向けた。紅琰はあくまでも神妙な顔のまま、甘い声で指示する。

「乱暴にせず、優しく……。ああ……もっと奥に、深く……挿れてください」

うっすらと顔を赤くしながら、王太子は奥に花粉を擦りつけるように指を動かした。

ちゅくちゅくと、どこか卑猥な音が書房に響く。

たどたどしいが、筋は悪くなさそうだ。

真面目腐った表情のまま、紅琰は艶のある低い声で囁いた。

「お上手ですよ、殿下。そのように優しくなされば未来の妃も悦びましょう」

「………」

さらに王太子の頬の赤みが増した。

効果覿面だ。

昨夜の意趣返しができたようで、すこぶる気分が良い。

「こんなことで子ができるのか？」

花嚢の中を掻き混ぜる王太子に、紅琰は堂々と言ってのけた。

「できますとも。殿下は普段から精力を強め、濃く良質な子種を少しでも子房…もとい子宮に多く注がねばなりません。房中術の極意は接して漏らさず、です」

「房中術？　年寄りどもの若返りの秘術とやらか」

「壮健な跡継ぎを残すための秘策でもあります。殿下には是非とも修得していただかねば」

「そんな時間はない、要点を言え」

「九浅一深、浅内徐動、弱入強出」

「……どういうことだ」

「九回浅く挿れて陰陽を交感し、次の一回は深く挿れて太極に戻す。中で動くときは浅く小刻みにして、挿れるときの力加減は弱く、出すときは強くする。九回を九セット行うのが望ましい、ということですが……」

　弱が九×九で八十一回、強が九回、合計九十回。石臼でもあるまいに、現実的とは言えないだろう。お互いに擦り切れそうだ。

　紅琰は苦笑を浮かべ、書机の上に置いたままの教本を爪の先で弾く。

「まずは相手を悦ばせることが大事です。王家にとって大事なのは跡継ぎを作ること。女人を絶頂に導いてから精を注げば男児を孕みやすいと聞きます。五徴五欲、つまり相手の息遣いを窺い、適時を見極める。そして射精すのは三度堪えてから、と覚えておいてください」

「三度？　なぜ三度なのだ」

「一度に撒く種の量を多くできると言いますよ。三度というのはあくまで目安で……種が多ければ妊孕の率も上がるということかと」

「我慢できるものなのか？　どうやって？」

矢継ぎ早に質問され、さすがの紅琰もたじろいだ。

悪乗りしておいてなんだが、この童貞、本気で修得する気らしい。花嚢に指を突っ込んだまま、王太子は真剣な顔をしている。

引き結んだ唇に、大人を揶揄って愉しんでいたときの笑みはない。適当に答えるのも憚られ、紅琰は慌てて遠い記憶を手繰り寄せた。

（ええと、たしか、蟻の門渡りを指二本で押さるとか、昔なにかで読んだような……）

だが、実際に試したことはない。むしろ、そんな間抜けな姿を閨で晒すくらいなら、さっさと出してしまったほうがましに思える。しばし考え、紅琰は臍の下、精気の根源とされる場所を掌で軽く叩いた。

「気海丹田のあたりに力を入れてみる、とか」

「修行を積んで修為を蓄えるのと同じか？」

「精は生命や仙…いえ魔力の根源。房中術も修練なので、似たような感覚かと。ただ、房事は相手がいることですから、くれぐれも雰囲気を壊さぬように」

「……そなたにも経験が？」

王太子の探るような視線が刺さる。

紅琰は苦笑いした。

そんなに羨むことはない、後宮を構えれば、何千人もの妃嬪の中から毎日選び放題だ。

「ご想像にお任せします。どうしても知りたければ、自涜のときにでも、お試しください」

紅琰の経験人数などすぐに超えられよう。

「………」

さらりと答えると、王太子が黙り込んだ。

少々あけすけに話しすぎただろうか。

（まさか、自涜の意味がわからない、なんてことは……）

身分はどうあれ、年頃の男子だ。この手のことに興味がないわけはあるまい。言葉を知らなくても、したことはあるのではないか。しかし、さすがにそこまで立ち入ったことを聞くわけにもいかない。初心な男子の矜持は傷つきやすいのだ。

あれこれ思案していると、王太子が急に无花果から指を引いた。中に指先だけを残し、再び根元まで強く押し込む。ぐちゅん、と音がして、花嚢の内部が押し潰された。

「殿下……？」

紅琰と視線を合わせたまま、王太子はゆっくりと指を出し入れする。無意識のうちに紅琰は喉仏を上下させた。滑稽さと深刻さの入り混じった奇妙な雰囲気が急に消え、濃い睫毛の下から覗く瞳は獰猛な光を湛えているように見える。

……六回、七回、八回。

息詰まるほどの沈黙の中、掻き混ぜる指が再び強く押し込まれる。長い指は花嚢を突き破り、はみ出した赤い中身とともに白い汁が散った。

「殿……」

「ああ、裂けてしまったな」

王太子が赤い花肉と白い蜜に塗れた指を引き抜いた。ぬらりと濡れ光る指を口に含む。長い睫毛に縁取られた紅琰の瞳が、驚いた猫のように大きくなる。

薄く口を開き、汁を舐めとる赤い舌。生々しいその色から目が離せない。小生意気で可愛いだけの少年が、ふと垣間見せた雄の片鱗に身体が固まる。

最後に濡れた舌で口の端をぺろりと舐め、王太子は潰れた花嚢を背後に放った。

「甘いな。……紅琰先生」

一拍遅れて、自分が呼ばれたことに気づく。

「……はい」

わずかに声が上擦ったのを気づかれずに済んだのは幸運だった。

「昨日の夕餉は、口に合わなかったか？」

紅琰は小さく安堵の息をつき、王太子の目を見た。

昨夜、屋根の上で无花果を食べていた理由に勘づいていたようだ。

「内緒ですよ。王上のご厚意はありがたいのですが、実は妖肉を好みません。この花は人界では映日果、不老不死の果実とも呼ばれていて、栄養価が高いのです」

「ああ……太傅から聞いたが、そなたは人界も遊歴していたんだったな。妖の肉が口に合わないのなら、御膳房にそう伝えよう」

「恐れ入ります」

食べなくても死ぬことはないが、美食は快楽のひとつだ。

手巾で手を拭う王太子から、紅琰はそっと視線を外した。

無邪気にふるまっていたかと思えば、急に大人の男の顔を覗かせる。もしかすると、実際の年齢は、自分が思うほど離れていないのかもしれない——そう考えた瞬間、ふとあることを思い出した。

（たしか、魔王の嫡嗣は魔力を半分封印されると聞いたが……）

仙力と違い、魔力は暴走しやすい。反発力が高いからだ。

幼いうちは制御できず、周囲に害を及ぼす危険がある。早い話が、そうならないために父親からお預けを食らうのだ。

修練を積み、力を制御できるようになると、嫡嗣は定式を経て本来の魔力を取り戻す。

同時に、本来の姿をも取り戻すという。

ただ、魔力を制限されることは、嫡嗣の身体的成長にも著しく影響する。いまは少年の姿をしているが、魔力を取り戻した瞬間、とんでもない変貌を遂げる可能性も――。

「紅琰、質問がある」

「はい、なんなりと」

「もっと実践的なことが知りたい。閨での作法や秘術などもあるのだろ」

「ええ、ですが殿下には……」

まだ早い、と言いかけて思い直した。

必ずしも見た目と実年齢が一致しないのなら、子ども扱いする方が不敬だろう。

紅琰は口許に意味深な笑みを浮かべ、教本を袖にしまった。

「では、また明日に。本日の講義は、ここまでにいたしましょう」

作法はともかく、口で説明しづらい体位は秘戯図でも見て覚えればよい。

「わかった。明日も書房で待つ」

初めて時刻に気づいたのか、王太子が名残惜しそうに頷いた。


「これは？」

書机に山と積まれた書や竹簡(ちくかん)を、王太子が物珍しそうに見る。

「以前、人界で入手したものです」

翌日、再び彼の書房を訪れた紅琰は、大量の〝参考書〟を携えていた。

いつだったか、人界を遊歴していたときに見かけ、面白がって手に入れた艶本まがいの医書や指南書の数々だ。『性史』に『玉房指要』『黄帝内経素問』等々、情交の手順から様々な体位や性戯、房中薬に至るまで、読めば一通りの知識を得られる。

紅琰の侍衛であるとともに、精華宮の執事長をも担う冬柏は、紅琰が人界に降りるたびに持ち帰る有象無象の書や絵画を、ガラクタと呼んでいい顔をしない。というのも、彼は極端な片付け魔で、猥雑なさまを嫌う。

冬柏に見つからぬよう、ひとまず乾坤袋に放り込み、そのまますっかり忘れていた書画の数々を、ここにきてようやく思い出した……というわけだ。

「さしあげます。殿下がお知りになりたい実践的な内容が載っているかと」

とりあえず読め、とばかりに、紅琰は恭しく書画を献上した。

「これを覚えれば良いのだな」

王太子がそのうちの一冊を手に取り、適当にぱらぱらとめくる。

どの頁も自涜のおともと言わんばかりに露骨な性交描写がされている、子供には絶対に見せられない代物だ。ただ、人界に流布する春宮図は、もともと皇帝子息の性教育のための本だったとも聞くし、誂え向きと言えよう。

王太子はあからさまな春宮画に一通り目を通すと、顔色ひとつ変えずに言った。

「わかった、すべて今日中に暗記する。明日また質問するから回答を頼む」

「もちろん、承……え？」

頷きかけ、紅琰は言葉を失った。

この童男、今日中に暗記すると言ったのか。

自分ですら、すべての書画に目を通したわけではない。

無垢の童貞がこんなに大量の秘戯図や春宮画を一度に見たら、鼻血を出すのではないだろうか。

——もし王太子を失血死させて戦争が起きたら、天界にどう言い訳すればいい？

天帝の苦り切った顔が脳裏をちらつき、紅琰は咽せかえった。

「王……王太子、いきなり大量摂取は身体に毒かと」

「問題ない。楽しみにしているぞ。下がってよい」

王太子の秀麗な顔に余裕の笑みが浮かぶ。

賽は投げられた。世界の終末は近い。

引き攣った顔のまま、紅琰は拝礼して引き下がる。一杯の茶を飲むほどの時間で書房から出てきた紅琰を見て、外に控えていた太子付きの侍従が驚いた顔をした。

「紅琰殿、殿下の機嫌を損ねでもしたのか？」

「いや、そうではない。読書に集中したいとのことだ」

「………」

侍従が恐る恐る、室内の様子を窺う。だが、聞こえてくるのは時折、紙を捲(めく)る音ばかりだ。黙って侍従に見送られ、紅琰は迎賓楼に戻った。そして女官に酒を持ってこさせ、残された自由な時間を満喫したのである。

一度は覚悟を決めた紅琰だったが、無事に夜は明け、この世の終わりは来なかった。来臨したのは、恐怖の大〝魔〟王だったのである。

「紅琰先生、海底撈月(ハイティラオユエ)とはなんなのだ？」

翌日、顔を合わせるなり訊ねてきた王太子に、紅琰は目を丸くした。

「……あの中に、武術書でも混ざっておりましたか？」

「いいや。〝水に映る月をすくう〟はつまり、無駄な努力という意味のほうかとも思ったが、この書には」

「ああ殿下、閨で見上げるのは空の満月ではありません。男のアレです」

差し出された書に目を走らせ、紅琰は笑って答えた。だが王太子はわかったようなわからないような顔で説明を待っている。納得できるまで追求するつもりだ。

仕方なく、紅琰は〝四つん這いになった男の股座(またぐら)に、女が仰向けで這い込み、口淫しながら男の肛門を刺激する〟姿を身振り手振りで説明する羽目に陥った。長々と演じさせた後で、王太子はようやく合点がいったらしい。

「なるほど、房中秘技のひとつなのだな。体位は男女逆でもいいのか？」

「お相手が嫌がらなければ」

「閨でのイヤはイイという意味なのではないのか？」

「それは……」

たじたじになりながらも問われるままに口を開く。この調子で、紅琰は今日もありったけの色情知識を王太子に詰め込んだ。まさに、誨淫導欲だ。

翌日も、ひたすら「王太子、問うて曰く」からの問答は続いた。

翌々日も、「子曰く」で終わった。

――そして、四日目。

「閨ではどんな会話をしたらいいのだ？」

「睦言に定石などありません。妃の名を甘く囁いてやるだけでいいのです」

「だが『洞玄子』には女を褒めろとあった。人界には言葉攻めという技まであるのだろ」

「殿下、それは諸刃の剣です。慣れぬうちは、相手の状況をそのまま言葉にしてやる程度がよろしいでしょう。自覚させれば性感が昂まります」

「わかった。では次の質問だが」

「ちょっとお待ちください」

言葉攻めならぬ質問攻めにとうとう音を上げる。

紅琰は取り繕うのも忘れ、溜息とともに教本を背後に放り投げた。綴じ糸が切れ、ばさばさと音を立てて紙が床に散らばる。そもそも秘め事は秘めるからよいのであって、教科書を開いて学んでも頭でっかちの童貞が出来上がるだけだ。

「紅琰先生？」

「これ以上、机上で学んでも役に立ちません。次の段階に参りましょう。実技、そう、実習です。……誰か！」

紅琰は外に控えていた侍従を呼びつけ、耳打ちした。

「内緒で王太子を連れ出すから、そなたは口裏を合わせよ」

当然、侍従は青くなって首を横に振る。王太子の尊い身になにかあれば首が飛ぶどころか九族皆殺しは免れない。だが、王太子が咳払いして一睨みすると、侍従は「私はなにも見ず、なにも聞かなかった」と震えながら唱え、逃げるように引き下がった。

かくしてふたりは太傅の目を盗み、まんまと宮殿の外に出たのである。


「どこに行くのだ？」

聞けば、王太子は護衛もなしに宮殿の外に出るのは初めてらしい。紅琰がこの年頃のときにはよく天宮を抜け出して遊び回ったものだが、魔界の王太子は大人の言いつけを守る真面目な性格のようだ。

「もちろん、イイトコロです」

「いいところ?」

「黙って私について来ればよろしい。太傅には内緒ですよ」

最後の言葉に、王太子の顔がぱっと明るくなった。楽しそうに小声で聞き返す。

「ふたりだけの秘密ということか?」

「そうです。だれかにしゃべったら雷に打たれて死にますよ」

紅琰はキリッとした表情を作り、もったいぶって小指を差し出した。王太子がわくわくした表情で小指を絡め返し、ふたりは親指をくっつけ合って指切りする。

京城と呼ばれる市街地を歩きながら、紅琰が目指した先は魔都でも有名な繁華街だった。手っ取り早く、王太子を城下の妓楼に連れていくことにしたのである。

「紅琰先生、あの赤い丸いものの串刺しはなんだ?」

「糖葫芦（タンフールー）、さんざしの飴掛けです。食べてみますか?」

「いや、甘いのはいらない。それより、向こうの路地で騒いでいる者たちはなんなんだ?」

「賽子（サイコロ）賭博をしているのでしょう」

「……紅琰先生は、なんでも知っているのだな」

「そんなことは……ただ、双陸(すごろく)は人界でもよく見かけますから」

王太子は見るものすべてが珍しいようだ。きょろきょろしながらついてくる。

無理もない。魔王の唯一の嫡嗣として日々のほとんどを宮中で過ごし、外に出るときは護衛に囲まれているのだ。青楼どころか、露店で買い物すらしたことはないのだろう。

ふと、王太子の足が止まった。

「紅琰先生、あそこにいるのは？」

紅琰も足を止め、視線の先を追う。

物置の陰に、ぼろを纏ったふたりの幼い魔族の子供が座り込んでいた。兄弟なのか、垢で汚れた顔は面差しがよく似ており、庇(かば)い合うように身を寄せている。

「物乞いでしょう。孤児ですかね」

王太子の瞳から明るい輝きが消える。物乞いを見るのは初めてでも、どんな境遇かはわかったようだ。幼い兄弟に駆け寄ろうとした王太子の手首を掴む。

「おやめなさい」

「放せ」

王太子がきつい目で睨みつける。

紅琰は首を振り、静かに諭(さと)した。

「人事を尽くして天命に聴す、あの者たちはただ座して他者からの施しを乞うのみ。そのような者に天は手を差し伸べません」

「それは雲の上からの視点だろう！」

振りほどこうとする王太子の手首を強く掴んだまま、紅琰は歯を噛み締める。

哀れに感じないわけではない。三界を遊歴する中で、このような光景は飽きるほど見てきた。だが天は自ら助くる者を助くのだ。人だろうと魔だろうと、もがかないものに与えられる救いはない。

「魔界の王となる者として、彼らを見過ごせない」

王太子が制止を振り切って足を踏み出した。その背中に紅琰が問いかける。

「ではお聞きします。いずれ魔族の頂上に立つ身として、あなたはなにをすべきか、本当にわかっていますか？」

こちらを振り向かないまま、王太子の足が止まった。

紅琰は溜息をつき、傍らに歩み寄る。

「殿下がすべきことは物乞いに小銭を与えることではありません。王と認められるべく身を修め、宮廷を安定させ、不幸な民を生み出さないように魔界を治めることです」

光が強いところでは影も濃くなる。天族と魔族も然りだ。

雲の上に住まう神とて万能ではない。繁栄の裏には必ず暗い歴史がある。人界の天子は天帝を祀り、天は人を守り導くが、この世から不幸がなくなることはない。

「殿下。世が乱れれば民は貧しくなり、こうした物乞いや、闇稼業で稼ぐ者も増えるのです。民の生活を、同じ目線で王が見ることは難しい。弱き者から助けを求める気力すら奪うものはなんなのか、その目にしっかりと焼きつけておいてください」

「……わかった」

深く息を吐き、王太子が幼い子供に視線を送る。

王宮で暮らす彼にとって、おそらくは一生、見なかったかもしれない光景だ。

紅琰は袖に手を入れ、乾坤袋から銀子を取り出した。指先で弾き、兄弟の前に置かれている欠けた茶杯の中へと命中させる。

声を上げて驚き、喜ぶ孤児の兄弟を尻目に王太子が振り返った。

「ずるいぞ、自分ばかり格好をつけるなんて」

拗ねた表情に、紅琰は苦笑した。

王太子はまだ若い。憐憫の情は尊いが、同時に街中ではどんな危険があるかをまだわかっていない。相手が幼かろうが浮浪者の格好をしていようが、悪意がないとは限らない。気を取られた隙に、どこかに潜んでいる刺客やならず者に襲われる可能性もないわけではないのだ。

「私はともかく、殿下の装束は目立ちます。変装して身ごしらえをしましょう」

優雅な百草霜色（ひゃくそうそういろ）の長衣は、帯にも袖と同じ文様が縫い取られ、端正な王太子の雰囲気にとてもよく似合っている。しかし、ただでさえ美丈夫のふたりが連れ立って街を歩けば、どうしても人目を引く。

しばらくして古着屋を見つけたふたりは、適当に衣を見繕うと二階の部屋を借りた。店員が用意した衝立（ついたて）の奥で、紅琰は王太子の着替えを手伝った。

「殿下、内衣（ないい）はそのままで」

下着まで脱ぎかけた王太子を慌てて止め、買い求めたばかりの紺色の衣を着せる。

天界にいるときは冬柏や侍女に着替えを手伝わせることが多く、美女の衣を脱がせることはあっても他人に着せることはない。初めてで勝手がわからず、慣れない手で後ろから抱き締めるように帯を締めると、王太子が赤い顔でぼそりと言った。

「申し訳ない、紅琰先生に侍女の真似事までさせるなんて」

「問題な…ありませんよ。それより、身分のほうも合わせて偽装するべきかと」

なにを着ても様になるのはやはり、元がいいからだろう。足が長すぎて、裾丈が少し足りないのはご愛嬌か。

「私たちは良家の子弟で、異母兄弟という設定にしましょう。そういえばお聞きしていませんでしたね、王太子のお名前はなんとおっしゃいますか？」

上衣を肩にかけながら訊ねると、王太子が急に口を噤（つぐ）んだ。言いにくそうに俯き、精巧に彫られた玉の腰佩（ようはい）を弄くっている。怒らせたかと紅琰は王太子の前に膝を突いた。

「お許しください、無礼な発言でした」

天族の感覚で軽々しく聞いてしまったが、魔界では貴人の実名は禁忌とされ、公表されない風習があることを思い出したからだ。

「……涅哩底王（ニェリーディワン）」

「え？」

しばらく押し黙った後、王太子がボソリと答える。

「名前だ」

喉までせり上がった『冗談だろう？』という台詞を飲み込む。

魔王は、七人の娘のあとにようやく生まれた息子がよほど可愛かったらしい。思い入れが深いあまりに意気込んで名を考えたのだろう。考えに考えた末に訳が分からなくなったのか、それとも面倒くさくなったのか、こともあろうに羅刹天（らせってん）の名をそのままつけるという暴挙、いや大胆なことをしたのである。もしかすると魔王はいまでも、自分たちの始祖が天族の一員であったことを忘れたくないのかもしれないが。

（それにしても珍貴（ちんき）な……いや、大それた名前をつけたものだな……）

当人は、顔を真っ赤にして視線を下げている。

今日まで名前の話題が上らなかった理由が、わかったような気がした。親が与えてくれた名と思えば文句も言えまいが、名乗るときの本人の気持ちは察するに余りある。

許しを得て立ち上がり、紅琰は柔らかな口調で言った。

「涅哩底王は護法善神が一神、立派な名前をいただきましたね。ですが、市中でその名をお呼びすれば人目を引きましょう。おそれながら殿下、渾名(あだな)などは……?」

「父上や母上から『ちゃん』づけで呼ばれるのとは違うのか」

「はい、例えば百華……、いいえ、月宮(げっきゅう)の桂男(かつらおとこ)のような」

呉剛伐桂(ごごうさいけい)――月で桂樹を永遠に伐り続ける呉剛という男の話を、この世で知らぬ者はない。呉剛は『桂男(かつらおとこ)』と呼ばれ、美男の代名詞となっている。だが王太子は俯いてぼそりと答えた。

「そのようなもの、つけてくれる者はいなかった」

――そうだった。この子には友達がいない。

紅琰は急いで言葉を継いだ。

「僭越ながら、この紅琰がおつけしても?」

「いいのか?」

王太子がようやく顔を上げる。咎められる覚悟での提案だったが、彼の声は弾んでいた。

「ええ、なにかご希望は?」

「そなたしか呼ばない名がいい。あと、できれば……普通の名がいい」

「……そうですね」

紅琰は思案しつつ、王太子の期待に満ちた顔を見つめる。

暗色の衣、黒々とした瞳、髪も烏の濡れ羽色だ。色味が少ないだけに、肌の白さやくっきりとした目鼻立ちが引き立つ。

ふと、既視感を感じた。

「……雨黒燕……」

王太子がきょとんとした。

燕は人界や天界では見かける鳥だが、やはり瘴気に満ちた魔界では生息しないようだ。首を傾げるまだあどけない王太子の手を取り、紅琰は微笑みかけた。

「縁起の良い鳥ですよ。今日の殿下の出で立ちに姿が似ているので、雨黒燕――燕儿とお呼びしましょう」

「燕儿……」

王太子が噛み締めるように鸚鵡返しする。名前の下一文字に儿を足すのは、四百余州でありふれた愛称のつけ方だ。

王太子、いや雨黒燕はよほど嬉しかったらしい。弾ける笑顔を紅琰に向けた。

「いいな、では今後、俺を雨黒燕と呼ぶのはそなただけだ。約束しろ」

「畏まりました、殿下」

「燕儿、だろう。兄弟という設定はどうなったんだ？　紅琰哥哥」

紅琰哥哥――紅琰にいさま。

その響きを聞いた瞬間、なぜか急に動悸がした。照れくさいような、恥ずかしいような感情が急激に込み上げてきて思わず目が泳ぐ。

「そ……そうだったな、燕儿」

これまで、数えきれないほどの女性から「紅琰哥哥」と呼ばれてきた。甘えた口調で、あるいは媚びを含んだ口調で、幾度となく。その声に小賢しい下心を感じることは多々あれど、いまのようなくすぐったさを覚えたことはない。

「うん、紅琰哥哥」

わざと兄ぶって頭を撫でると、雨黒燕は満面の笑みで頷いた。

「行きましょうか」

隠密とはいえ、王太子を弟扱いするのはとも思ったが、こんなにも嬉しそうな顔を見てしまうと、もう引き下がれない。

脱いだ衣を乾坤袋に放り込み、紅琰はなに食わぬ顔で促した。

「うん」

可愛いなどと感じてしまったのは気のせいに違いない。そう自分に言い聞かせ、雨黒燕を連れて外に出た。今度こそ目立たぬよう、行き交う街の民に溶け込む。通りを歩き出してしばらくしたときだった。

「紅琰哥(にい)……？」

雑踏の中、ふとすれ違ったひとりの男性が急に足を止めて呟いた。人目を忍ぶように、黒い斗篷を纏った背の高い男だ。

「だれだ」

紅琰は咄嗟に王太子を背後に庇い、身構える。男はゆっくりと覆いを上げながら近づいてくる。その素顔を目にした瞬間、紅琰は驚きの声を上げた。

「玉梅(ユーメイ)⁉」

「紅琰哥！　なんでこんなところに？」

「それは私の台詞だ」

泣く子も黙る天界の大将軍の次男坊にして、紅琰の悪友。

天界でも紅琰のことを二殿下とは呼ばず、名前で呼んでくれる。昔はよく一緒に天宮を抜け出しては、天女を勾引(ナンパ)して遊んだものだ。

天界きっての花花男子を生み出すきっかけは玉梅が作ったと言っても過言ではない。

「紅琰哥哥、彼は？」

警戒しているのか、雨黒燕が険のある表情で玉梅を睨みながら小声で訊ねる。

「ああ、怪しい者ではありません。この男は私の悪…いえ、親友です」

「紅琰哥、なに畏まった口調で子供なん……か、に……」

玉梅が途中で言葉を止めた。ぽかんと口を開けたまま、雨黒燕の顔を穴が開くほど凝視する。

三界の情報通を自称する彼は、一目で雨黒燕の正体に気づいたらしい。紅琰は素早く玉梅の口を手で塞ぎ、にこやかに雨黒燕を振り返った。

「燕儿、そこの店で香り袋でも見ていてください」

露店の店先に雨黒燕を待たせ、玉梅を無理やり物陰に引っ張っていく。

「な……な……なんってこと、やってるんだ紅琰哥……」

手短に事情を話して聞かせると、玉梅は顔面蒼白になった。彼は遊び人ではあるが、肝っ玉はそれほど大きくない。

早くも及び腰の玉梅に、逃がすものかと紅琰は肩をがしっと組んで念を押した。

「王太子に私の正体はバラすなよ。天帝にも内緒にしてくれ」

「言えるわけないだろ！　天帝の皇子が魔王太子とつるむなんて悪ふざけが過ぎる。悪いことは言わない、早く天界に戻れ。なんならこのまま俺と帰ろう？」

「いや、私はまだ帰らぬ」

「紅琰哥！」

「それより、ちょうどいいところで会った。いい妓楼を知らないか？　秘密厳守で、とびきり美人がいる店だ。その恰好、どうせそなたも魔界に遊びに来たのだろう？」

玉梅がぐっと押し黙る。

その顔がうっすら赤くなるのを、紅琰は見逃さなかった。

「は……さては、目当ての娼妓がいるのだろう。会いに来たんだな？　横取りなんてしないから店だけ紹介しろ」

だてに長い付き合いではない。肘で玉梅をつつきまわすと、玉梅はもうなにを言っても無駄だとすっぱり諦めたらしい。

「ああ、ああ、そうだよ。でも俺だって人目を忍んで通ってるんだ、頼むから巻き込まないでくれ」

「わかったわかった」

軽薄な返しに、玉梅が片手で顔を覆う。「うっかり声なんかかけるんじゃなかった」とぼやいた後で、両手を合わせて情けなく懇願した。

「頼むからこのこと、父上と兄上には内緒にしてくれ。バレたらどんな罰を与えられるか……」

玉梅の父親は見た目からして荒々しく、部下にも息子にも厳しい。そんな父親に瓜二つの長兄もまた天河を守る神将であり、浮ついた遊び人の弟のことを不甲斐なく思っている。魔界の妓女に入れ込んでいることを知られたら、大目玉を食らうに違いない。

「もちろんだとも。……燕儿！　彼が案内してくれるそうです」

紅琰はにんまり笑い、店先に待たせていた雨黒燕を呼び寄せた。

玉梅公子ほどの風流人が通う店なら客筋も悪くないだろう。協定成立だと玉梅の肩を叩き、「余計なことは言うなよ」と念を押す。

怯える玉梅を急き立てながら、紅琰は揚々と妓楼へと向かった。


朱色の柱が人目を引くその妓楼は目的がはっきりしている。

白い項を見せた娼妓が客引きをし、楼内で舞を披露する芸妓も露出度が高い。

魔都でも評判という高級妓楼にふたりを案内すると、玉梅は早々に二階の個室に消えた。やはり目当ての娼妓とは、身体だけの関係ではないようだ。

天族だろうが魔族だろうが、愛を交わすことに区別はない。だが、天界と魔界の関係が芳しくないいま、玉梅のような身分ある天族が、魔族の娼妓と情を交わしたとしても身請けまでは難しい。彼もそれはわかっているのだろう。お忍びで通うことで誠意を尽くしているようだ。

「楼主、この公子にこの楼で一番の美女を」

紅琰はやり手の女将に金を握らせ、美女を見繕わせると雨黒燕を押しつけた。当の雨黒燕はよくわかっていない様子で連れて行かれたが、相手は玄人だ。多少、男の側が不慣れでも、手取り足取り生の経験を積ませてくれるに違いない。

紅琰もまた、適当に娼妓を選び、のんびりと二階に上がった。ことが終わるまでは子供のお守りから解放される。美女の酌でしっぽりと酒を楽しむのも悪くない。

琵琶の音に耳を傾けながら、紅琰は酒杯に口をつける。

（燕儿も、きっと今頃……）

この数日で、雨黒燕は多くの知識を得た。加えて紅琰の、女千人を口説き落としたタラシスキルと百戦錬磨の性技をすべて伝授したのだから、それなりに楽しいひとときを過ごせるはずだ。

唇に笑みを乗せ、杯を干す。娼妓がつま弾いていた琵琶の音が止んだ。

「公子、ご機嫌ですね。ここへは飲みにいらしただけ？」

娼妓が隣に座り、そっと紅琰の肩に凭れかかる。

白く細い指が、誘うように胸許に伸びてきた。男の衿を乱そうとする手を掴み、膝に抱き寄せる。やや強引なしぐさに娼妓が驚き、笑い混じりの声を上げた。

「あん……」

「心外だな。風花雪月を楽しむためと決まっていよう」

——久々に、こちらも楽しませてもらおうか。

紅琰は女を抱き上げた。細い腕を首に絡め、纏いついてくる女を傍らの牀に下ろす。

玉梅も雨黒燕も、しばらくは出てこないだろう。少しくらい羽目を外してもいいはずだ。

牀に横たわる娼妓を見下ろし、紅琰は慣れた仕草で上衣を肩から滑り落とした。

美しい目許に艶を滲ませ、ゆっくりと自身の帯に手をかける。

うっとりと見上げる女の瞳が潤み始めるのがたわいなくも愛らしい。細い首筋に唇を触れさせ、紅琰は女の帯を解きながら甘い言葉を囁いた。白粉の香りを楽しみながら柔肌に手を這わせる。乱れた衣から垣間見える豊かな乳房が、男の本能をくすぐり――。

「……」

紅琰は黙って顔を上げた。

女は目を伏せ、大胆に白い腿を見せながら、男に身を任せている。

美人で琵琶の腕もよく胸も大きい。そんな女が目の前で誘っているのに、自分の気が乗らないなんて――そんなわけがあるか。

焦りを押し隠し、落ちてきた髪を掻き上げた。さりげなく指先で自身の項を探る。

「……⁉」

紅琰の項のやや左側には、生まれつき牡丹の形をした痣がある。普段は髪で隠れて見えないが、昂奮したときにだけ熱を持ち、化粧彫りのように赤く浮かび上がる特異な痣だ。

「公子、どうなさったの？」

「なんでもない。そなたの媚態に目を奪われただけだ」

持ち前の口先のうまさで丸め込み、唇で女の目蓋を閉じさせる。だが、項はひんやりとしたままだ。

紅琰は女好きではあるが、過度に荒淫というわけではない。

ただ、花心を持つゆえに恋多き男なだけだ。

花を愛でるように恋を楽しみ、盛りを過ぎてさえ趣を味わう。ただ美女に目を奪われることはあっても、心まで奪われることはない。しかし、その気になった美女を前にして、男として役に立たないほど枯れてもいない。

そんな恋の達人であるはずの百華王が、まさかの事態だった。

(よもや、魔界の瘴気に当てられて……?)

バン‼

突然、激しい音を立てて部屋の扉が開かれた。

身体の下で、娼妓が小さく悲鳴を上げる。驚いて顔を上げた紅琰の目に、仁王立ちの闖入者の姿が映った。

「雨、雨黒燕⁉」

お楽しみのはずでは——喉まで出かかった言葉を飲み込む。

一瞬だけ、雨黒燕の瞳が赤く染まっているように見えたからだ。雨黒燕はゆっくりと首を動かし、半裸の娼妓に視線を向けた。

刹那、娼妓がヒッと息を呑み、紅琰を押し退けて飛び起きる。裾に足をとられながら雨黒燕の脇をすり抜けると、脱兎のごとく走り去ってしまった。

なにが起きたのかわからない。衣を乱したまま、紅琰は牀から起き上がる。

「ど、どうしたのだ、燕儿？」

動揺のあまり地が出た。

ほんの一瞬だが、雨黒燕が激しい怒気を孕んだ目で娼妓を一瞥するのを見てしまった。いったい、なにが気に入らなかったのだろう？

後ろ手に扉を閉め、ひたひたと雨黒燕が近づいてくる。

彼は枕許に膝を突き、乾いた手で紅琰の手首を掴んだ。その迫力に、思わず手を引っ込めようとするも、雨黒燕がそれを許さない。

「帰りましょう。紅琰哥哥」

淡々とした口調ながらも、有無を言わさぬ圧に思わず頷く。

「……ああ」

紅琰は戸惑いつつも立ち上がる。

上客である玉梅の紹介だ。雨黒燕についたのも、非の打ちどころのない娼妓だった。少なくとも客の機嫌を損ねるような真似をするはずがない。

（ははん……だとすると、さては……）

言葉少なな雨黒燕の強張った表情に、それとなく察する。

おおかた、初めての女の肌に興奮しすぎて、童貞らしい〝失敗〟でもしたのだろう。

「気にすることはありませんよ」

「……。なにがだ」

「初めてで失敗するのはよくあることです。相手は娼妓（プロ）なのですから、客の秘密を漏らすことはありません」

一度の失敗で自信を喪失させてしまっては本末転倒だ。

さりげなく慰めながら、紅琰は大きく着崩れた衣の前を開いた。白い肌と程よく鍛えられた胸が露わになる。

自分もなぜか気が乗らなかったから、却（かえ）って助かった。

「…………」

雨黒燕はなにか言いたげに口を開いたが、すぐに素っ気なくそっぽを向いた。うっすらと頬を赤くし、ぶっきらぼうに言う。

「早くしろ」

「わかりました、わかりましたから」

紅琰は笑いながら衿を合わせ、腰に帯を締め直した。

この調子では、娼妓にほぼなにもしないまま、部屋を出てきてしまったに違いない。

雨黒燕の筆おろしはまだ、先のようだ。


その夜のことだった。

寝支度をしていたところに、東宮からの使いがやって来て「王太子がお呼びです」と告げる。こんな時間に呼び出されるなど、よほどの緊急事態だろう。

なにがあったのかはわからないが、紅琰は急いで身支度を整え、東宮の寝所に参上した。

「挨拶はいらぬ。こちらに」

雨黒燕は絹の寝衣を纏った姿で紅琰を待っていた。やや背中を丸めて寝台に浅く座り、どことなく具合が悪そうに見える。

自分などより、侍医(じい)を呼んだほうがいいのではないか。紅琰が案じている間に、雨黒燕はお付きの者を全員下がらせた。隣に座るように促され、紅琰は驚く。

「殿下、それはあまりに礼儀がなさすぎますゆえ」

「俺がよいと言っておるのだ！」

珍しく苛立った声だ。

急き立てるように、敷布を二度ほど叩く。

命じられるままに、紅琰は床帳に囲われた架子牀に腰かけた。だが、雨黒燕は黙ったままだ。しばらくして、雨黒燕は目を伏せたまま、ようやくぽつりと口を開いた。

「昼間……せっかく連れて行ってくれたのに、気を悪くしたか？」

もしかして、妓楼でのことを気にして眠れなくなってしまったのだろうか。不器用な優しさを向けられて、心がほんのり温かくなる。

魔王の世子とはいえ、繊細な年頃の男の子なのだ。気にしなくていい、と言っても気にしてしまうのだろう。素直で情が深く、他者を気遣う心を持っている。

紅琰は微笑み、弟を慰めるように彼の膝にそっと手を置いた。

「滅相もない。殿下がお望みならまたお連れします。もちろん内緒で」

「いや……妓楼はもうよい。なんと言えばいいか、その……」

もじもじとして、いつになく歯切れが悪い。

よほど言いにくいことなのか。

こういうときこそ年上の男として寄り添って、助言のひとつでもしてやらなければ。

「どうなさったのです？　殿…燕儿らしくありませんね。ふたりだけの秘密にしますから、紅琰哥哥に教えてください」

その言葉に王太子が顔を上げる。そして思い切ったように口を開いた。

「……おしべが」

「雄蕊？」

頭の中が疑問符でいっぱいになる。おしべ――花の雄蕊のことだろうか？

ふと視線を下げた紅琰が慌てて手を引っ込めた。

（こっちか！）

下衣の脚の間に、白絹の布地を押し上げ、激しく存在を主張しているモノがある。若さゆえの勢いに、思わず目を奪われたほどだ。

昼間に訪れた遊郭が、童貞には刺激的すぎたのかもしれない。

安堵するやら、おかしいやらで、紅琰はほっと息をついた。

するとなにを勘違いしたのか、急に雨黒燕が前かがみになって膝を固く閉じてしまった。

そんなことをしたら痛いだけだ。制止しようとする紅琰に、恥ずかしいのか雨黒燕が頑なに首を振る。困惑しきった泣きそうな声で訴えた。

「どうしても治まらない。俺は病気なのか」

「…………」

笑ってはいけない。揶揄うなんてもってのほかだ。元気でよろしい。

奥歯をぐっと噛んで堪え、紅琰は真面目くさった顔で頷いた。

「ご心配なさらず。若い男子ならよくあることです」

「どうしたらいい」

「収まるまで自……」

言いかけて、紅琰は口を噤む。

自涜の経験について、結局は聞けずじまいだったことを思い出したからだ。

閨房指南役として、房事についてはこれでもかというほど教えてきた。だが、自涜について教えたことはない。譲った春宮画の中にも、男の自涜絵などなかったはずだ。

男兄弟も男友達もいない彼が、この先、自己流の間違ったやり方で使い物にならなくなったら、目も当てられない。

「……指南役として、私が正しい方法をお教えしておきましょう」

「頼む」

「殿下の仰せのままに」

紅琰は牀から立ち上がり、雨黒燕の前に片膝を突いた。長い足に手をかけ、膝を軽く開かせる。下着の腰紐をほどいただけで、窮屈そうに押さえられていたモノが天を衝く勢いで跳ね上がった。

紅顔（こうがん）の美少年からは想像もつかない紫色雁高（しきがんこう）に、思わずごくりと唾を飲み込む。

（さすがは涅哩底王……凶悪な寸尺だな）

はち切れんばかりに張った陰茎にそっと触れる。途端にビクンと震え、相手の腰が引けた。逃げられそうになったモノを咄嗟に強く握り込む。

頭上で鋭く息を呑む音が聞こえ、ちらと視線を上げると、雨黒燕が真っ赤な顔で見下ろしていた。初々しい反応に、つい可愛いと思ってしまう。

（これは……いじめたくなるな……）

つい流されて握ってしまったが、自分以外のモノに触れるのは初めてだ。こんなに熱かっただろうか。男の下半身など、本来なら見たくも触りたくもないはずなのに、雨黒燕の切なそうな吐息を聞くと、逆にもっとイイ声を上げさせたくなる。

「こうやって、優しく、擦ってください」

軽く握り込んだ手で、ゆるゆると上下に擦る。

「っ、ぅ」

たったこれだけの刺激でも快感が強すぎるのか、雨黒燕が小さく声を漏らした。後ろに片手をつき、ゆっくりと震えるような息を吐く。手の中の陰茎がますます張り詰め、先端からじわりと蜜を滲ませる。

「強すぎてはいけませんよ。力加減は、これくらいで我慢して……」

硬さもさることながら、太さも長さも申し分ない。この立派な陰茎で将来どれだけの女を悦ばせることになるのだろう。手も大きく、指もそれなりに長い紅琰ですらもてあますほどなのだから、初めてのときはうまくいかないこともあるかもしれない。

（……あ、その前に実習があるんだったか……）

そうだ。初夜で恥をかかぬよう、童貞の王に身体で性の指導をする筆おろし専門の女官がいる。助教と呼ばれるその女官は、寡婦などの熟女が多い。だが、後宮入りするような娘は間違いなく処女だろう。枕元に香油が用意されるはずだが——いや、自分には関係ない。下世話な想像を打ち消しつつも、巧まずして握る手に力が入る。

「う」

頭上からかすかな呻きが聞こえ、紅琰は顔を上げた。

「気持ちいいですか、殿下？」

雨黒燕が慌てたように視線を逸らし、小さく頷く。どうやら、紅琰の顔や手許をじっと眺めていたようだ。

情欲に赤らんだ目は熱っぽく潤み、ぞくりとするほど色っぽかった。はからずも動悸を覚え、紅琰はさりげなく視線を元に戻した。

まるで蝋燭が溶けるように、筋を浮かべた幹をとろとろと熱い蜜が伝い落ちる。雫が紅琰の指に絡み、ぐちぐちと淫猥な音を立てるのが妙に落ち着かない。雨黒燕の息遣いも荒くなり、瞳が燃えるように赤くきらめいた。

「紅琰先生……っ」

「閨でその呼び方は無粋ですよ、燕儿」

いやらしく手を動かしながら嗜める。

雨黒燕が、再び喘ぐように口を開く。

「……紅、炎、哥哥」

紅琰の手が一瞬、止まった。

——これは……そそられる。

紅琰は赤い舌で唇を舐め、手の動きを速めた。

『あなたを月下美人の君と呼ぼう』

小生意気に紅琰を揶揄った美少年が、いま自分に急所を握られて涙目で感じ入っている。

——もっとイイ顔をさせたい。

意趣返しとばかりに、手淫の動きを激しくする。先走りがどっと溢れ、紅琰の白い指に絡んで淫猥な音を立てた。雄蕊が手の中でびくびくと震える。

「紅琰、紅琰、あ、あ、もう、なんか……っ」

弾ける寸前に、すげなく手を離す。

「あ……!?」

絶頂のすぐ手前で置いて行かれた雨黒燕が声を上げ、非難する目で紅琰を見る。自ら追い上げようとした手も紅琰に押さえられ、不満を訴えた。

「……どうして……っ」

「初日に教えたことをお忘れですか?」

妊孕の率を高めるため、射精すのは三度堪えてから——そう指南されたことを思い出したらしい。

雨黒燕は唇をきゅっと噛み、おとなしく手を引っ込めた。続けろ、と低い声で促す。

本心ではきっと出したくて出したくてたまらないだろう。袖の中で、手を握り締めているのがわかる。

(可愛いな)

紅琰は密かに微笑むと、手を伸ばしてずっしりとした陰嚢を掬い上げた。ぱんぱんに張った底の部分を、繊細な指先で撫で擽る。

「春袋も性感帯のひとつですが、ここは種が詰まった大事な場所です。弄りすぎず、優しく愛撫なさるのがよろしい」

「っ、ん」

雨黒燕が眉をきつく寄せ、快感に耐える。だが、視線は紅琰から外すことなく、一挙手一投足を目に焼きつけるがごとく見つめている。幼さを残してはいても、やはり男だ。男なら当たり前にある欲をあえて抑えつけ、耐える表情にゾクゾクさせられる。

(教え甲斐があるな……)

もっと気持ちよくしてやりたい。焦らして、鳴かせてみたい。

紅琰は唇を舐め、快感を耐える雨黒燕に、低い声で囁いた。

「殿下……」

優しく陰嚢を愛撫しながら、もう片方の手で強弱をつけて扱き上げる。再び、紅琰は教え子を追い上げにかかった。

亀頭部を親指の腹で撫で回し、溢れた先走りのぬめりを借りて竿の部分を刺激する。雨黒燕は先走りが多い体質のようだ。陰茎全体にまぶしつけるように手を動かすと、頭上から聞こえる呼吸の音が速く浅くなった。陰嚢が固く寄り上がり、怒張した陰茎に筋が浮かび上がる。一瞬の機を見計らい、紅琰は手の動きをぴたりと止めた。

「……っぐ、ぅ」

二度目も寸止めされた雨黒燕が唸るような声を漏らして悶える。

だが同時に、紅琰の吐息に笑みが混じるのに気づいたらしい。

「紅琰……！」

睨む雨黒燕の息は獰猛でひどく熱い。潤んだ目は血走り、猛虎(もうこ)さながらだ。

もっとすごいことをしたら、次はどんな反応が見られるだろう。

ふと、悪戯心が頭をもたげる。紅琰は、うっすら笑みを浮かべた唇を、舌で湿らせた。

鼓動が速まり、脳が熱く痺れてくる。

「虐めすぎましたね。では燕儿に、我慢できたご褒美を」

後先を考えないまま、雨黒燕のモノに顔を寄せていく。妖艶に目を細め、濡れた先端にふっと息を吹きかける。ビクンと跳ねた陰茎の先から、つーっと雫が垂れ落ちた。それを目の当たりにした紅琰もまた、喉の渇きを覚える。小さく舌を出し、雫を舐め取ろうとした紅琰の頭を、雨黒燕が慌てて押さえた。

「なにをするっ。そんなものを口にしては……っ」

「殿下、お静かに」

優しく手を退けさせ、雨黒燕の顔を見上げる。ぬるりと濡れた瞳が、枕元の蝋燭の明かりを反射する。

「口交は閨房での戯れのひとつ。舌と口で奉仕するのも特段おかしなことではありません」

「あ、ぅ、嘘では、あるまいな……？」

「お妃候補も後宮教育を受けるのですよ。殿下がお望みになれば、こうして……簫を吹くように……」

囁きながら、蜜に濡れそぼった先端に口接(くちづ)ける。

普段なら、たとえ五体投地されても男相手にこんなことはしない。ただ、雨黒燕のあんな可愛い顔を見てしまったせいで興が乗っただけだ。

舌を出し、熱く硬い幹に触れさせる。そよぐように這わせると、雨黒燕の喉仏が大きく上下した。彼の初々しくも艶めかしい反応を、もっと愉しみたい。口の中に迎え入れ、最も敏感な亀頭部を上顎に擦りつけながら舌を絡める。男が女に求めることを、自分の口と舌で教えていく。

息を荒げながら、雨黒燕が上擦った声で呟いた。

「っ……これは、夢か……？」

本当に、夢かもしれない。強い酒に酔ったようにこめかみが脈打ち、思考も霞がかったようにぼんやりしている。

雨黒燕が手を伸ばし、奉仕を続ける紅琰の髪を掻き上げた。口淫する顔を、もっとよく見たいのだろう。しばらく髪を撫でていた手が、するりと後頭部に回る。

「紅琰哥哥」

「ん……？」

熱く濡れた口腔で扱きながら、陶然と目を上げる。

刹那、雨黒燕が猫のように口端を上げた。舌に感じる味が濃くなる。

「……っう⁉」

嫌な予感に、紅琰は頭を引こうとする。だがそれを追うように王太子の腰が動き、喉奥に押し込まれた。反射的に嘔吐いた瞬間、軽く歯を立ててしまう。

あっと思った瞬間に、陰茎が大きく跳ねた。吐き出すも間に合わず、濃厚な精が顔に叩きつけられる。

「‼」

一瞬で、若い雄の匂いが鼻腔内に溢れかえった。避けようにも髪を強く掴まれていて顔を背けることができない。生き物のように跳ねる陰茎に、何度も頬を打たれる。そのたびに飛び散る精をまともに浴びてしまう。

「すまない、つい」

雨黒燕が大きく息をつき、我に返った様子で手を離した。

「い……え、私こそ」

咳き込みながら、紅琰は袖で口許を押さえる。

我慢させた罰が当たったのだろうか。大量の温かい精が、どろりと顎を伝って滴り落ちる。髪や目蓋にも大量の白濁がかかり、目も開けられない。

「大丈夫か」

長い睫毛に絡む白濁を、雨黒燕が袖で拭ってくれる。ようやく目蓋を開けられた紅琰は、涙ぐんだ目を雨黒燕に向けた。

「……平気です。ですが殿下、閨房術において玉門の外に出すことはお控えを。陽の気が交流しませんから」

「ああ、わかった。気をつける……」

ふと、雨黒燕の顔に浮かんでいるのが、吐精後の満足感だけでないことに気づく。口交の最中は腰が動くほど昂奮していたのに、いまはどこか浮かない表情だ。

「殿下、もしかして、気持ちよくなかったですか……？」

「いや、すごく悦かった……。ただ、……」

「？」

「ただ、そなたは、他の相手にも、その……」

雨黒燕は口篭もり、すぐに首を振った。自分を納得させるように呟く。

「いや、なんでもない。そなたは美しいし、指南役なのだから、抜擢されるだけの経験があって当然だ」

そう言いながらも、拗ねたような口ぶりが子供っぽい。

紅琰は笑い、乱れた髪を撫でつけながら立ち上がった。太傅のように顎を撫でながら、いつもの調子で軽口を叩く。

「殿下は、この顔がお好きですか？」

「怒らないでくれ。さっき……、蝋燭の灯に照らされたあなたの顔が、とても……」

ふと、言葉を切り、思い切ったように紅琰の目を見上げる。

「いや、もっと前だ。初めてあなたに会った夜、羞花閉月とはまさにこのことかと」

早口で言いながら、耳まで顔が赤くなっていく。

女の口説き方は一通り教えたが、これはまるで本気の愛の告白みたいだ。

紅琰はしばし呆気にとられ、それからふっと笑みを浮かべた。

あの夜、強烈な印象を受けたのは、どうやら自分だけではなかったらしい。ずいぶん生意気な子供だと思ったものだが、涼しい面の下で彼がそんなことを考えていたとは。

「光栄に存じます。ですが、後宮の花はもっと美しいですよ」

「妾妃など……望んでおらぬ」

眉間に皺を寄せ、吐き捨てるように言う。魔王に従ってはいるものの、どうやら後宮を作ることは、彼の本意ではなさそうだ。

紅琰は隣に浅く腰掛け、雨黒燕の肩にそっと手を置いた。

「後宮のなにが気に入らないのですか？」

「必要なのはわかっている。だが父上だって、妃は母上おひとりだ」

「殿下……」

魔界において、初めて後宮を作るに至った理由は魔王一族の少子化対策だ。今上魔王には八人の子がいるが、うち七人は娘であり、公主とその子孫に王位継承権はない。ゆえに、一人息子である雨黒燕には、男系子孫を多く作るという責務が課されているのである。子をたくさん産ませるためにも、次期魔王は気も性欲も旺盛でなくては。

「俺だって、ただひとりの愛する相手を生涯かけて守りたい」

「…………」

ぽつりと本音を吐露する彼の瞳は純真そのもので、紅琰はなにも言えなくなる。

おそらくそれは、彼の心からの願いでもあるのだろう。

——なんと、一途なことか。

紅琰は軽く嘆息し、雨黒燕の肩をぽんぽんと軽く叩く。こんなふうに、心の内を打ち明ける気になったのは、先程のふれあいで距離が縮まったせいだろうか。甘えを口にした自分を恥じるように、雨黒燕がそっと離れる。

「せっかく指南してくれているのに、余計なことを言った。もう二度と言わない」

「いいえ、殿下。私でよろしければお話しください。なんなりと」

魔界に来て、初めて知ったことがある。

魔族は意外にロマンチストだということだ。

現魔王もたったひとりの妻との間に八人もの子をなし、七人の娘はみなそれぞれ愛した男に嫁いでいる。雨黒燕も、そんな王家の血を色濃く受け継いでいるのだろう。

——かたや三宮六院七十二妃を地で行く我が父、天帝の気の多さよ。

「そんなふうに言われたら、つい甘えてしまうな。……紅琰先生？」

いや、自分も言えた義理ではない。

我に返り、紅琰は笑って誤魔化した。

「申し訳ありません。殿下に真心を捧げられる妃嬪は幸せであろうと考えておりました」

「そなたには、そのような相手がいるのか？」

黒水晶のような瞳がきらりと光った。さながら、仲間内でだれが先に童貞を捨てるかを気にしている少年の眼差しだ。

「いいえ、おりません」

答えを聞くや否や、雨黒燕はあからさまに安堵した。

真心を捧げたことはなくとも、共寝する相手には事欠かないと言ったら軽蔑されそうだ。

息をつく雨黒燕を見ながら、紅琰は自嘲を浮かべる。

(私は、臆病だからな……)

いったい、誰が信じるだろう？

天界で浮名を流し、気の遠くなるほど長い年月を生きていながら、紅琰が一度たりともだれかを愛したことがない、と言ったら。

紅琰が後腐れのない相手と戯れの恋のみに興じる理由は、花心だけではない。

紅琰は、愛と子孫繁栄を司る。

しかしまた、紅琰を殺すのも愛だからだ。

仮に紅琰が心からの愛を捧げ、想いが通じ合い、結ばれた相手がいたとしよう。その者が他者に心を移した瞬間、花が枯れるように紅琰の身は朽ち果て、元神が砕け散る。それは神にとっての事実上の死だ。

他者の心に絶対はない。永遠の愛を誓った恋人同士でも、ふとしたことで相手を裏切り、破局していく。精華宮の花園で、そのような現実を、紅琰は数えきれないほど見てきた。

心から愛し合った相手だけが、自分を殺せるのだとしたら。自分は、死んでもいいと思えるほどの相手に愛を捧げたい。

しかし、そんな相手はこれまでにいなかった。

これからも、出会えるとは限らない。

「殿下が仰ったことも含めて、今夜のことは胸にしまっておきましょう」

「これもふたりだけの秘密、か?」

じっと見つめてくる黒い瞳にドキリとする。

紅琰は曖昧に微笑み、立ち上がった。

青いことを言っていても、これから先、雨黒燕は多くの女性と目合うはずだ。紅琰などより、もっと多くの恋を咲かせることになるかもしれない。今夜のことも、忘れ去ってしまうだろう。

「さ、これで眠れるはずです。殿下、そろそろおやすみください」

「あ、……ああ」

まだなにか言いたげな雨黒燕を牀に残し、逃げるようにその場を辞した。

彼の一途さが、自分には眩しすぎたせいかもしれない。ほんの一瞬だが、奥に秘められた熱量に圧倒された。

視界から消えてもなお、指先に、身体に、彼の熱が、匂いが、しつこく後を引いている。

迎賓楼に戻ると同時に、紅琰は深い溜息をついた。

「……——」

目蓋を閉じると、雨黒燕の切ない瞳が脳裏をちらつく。先程の衝動は、いったい何だったのだろう。戯れと言うには過ぎた行為を思い出し、紅琰は袖口でそっと唇を覆った。

(どうして、あんなことまで……)

強制されたわけではない。流されたわけでもない。

あの瞬間、なにかに衝き動かされるように、気づくと自ら進んで相手の陰茎を口にしていた。いまですら、現実に起きたことだとは信じ難い。魔力で操られたのかと疑うほどに、高揚していた。

いまも、思い出すだけで体温が上がる。後先考えず、彼をどうにかしたくなった。相手がもし女だったら、きっと——。

ふと、横の銅鏡に目を留めた。

映り込んだ自分の首筋に、色濃く浮かび上がる牡丹の痣。

紅琰は息を呑み、鏡を覗き込んだ。食い入るように項を見つめる。

白い肌に、鮮やかに咲き誇る緋色の牡丹。見間違いではない。震える指先で、その痣にそっと触れる。

──あつい。

火傷でもしたかのように、紅琰は手を離した。

昼間、妓楼でなんの反応も示さなかった牡丹の痣が、じくじくと熱を放っていた。信じられない思いでしばらく鏡の中の自分を眺める。

「……まさか、先刻……」

いや、違う。

紅琰は鏡に背を向けた。

神とて身体に狂いが生じることはある。きっと昼間、妓楼で半端に行為を中断されたせいだろう。天界一の色男でも、禁欲が長くなればおそらく、こんなこともあり得る。

内功を整えれば、きっと元に戻るに違いない。

紅琰は深く息を吐き、牀の上に両足を組んで座った。

姿勢を正し、目蓋を閉じて心身を統一する……。


雨黒燕が、紅琰の居所を足しげく訪ねるようになったのは、その翌日からだった。

「拝謁いたします」

出迎えた紅琰の腕を取り、雨黒燕が笑って顔を上げさせる。

「楽にしてくれ。今日は甜点心を持ってきた」

背後には玉荷苞などの果物や菓子を盆に載せた宮女たちが控えている。食が細い紅琰のために、わざわざ軽食を携えてきたらしい。

「私のために……ですか」

「もちろんだ」

紅琰の口許がふわりと綻ぶ。

「殿下、どうぞこちらへ」

点心を運ばせると、雨黒燕は側仕えの者たちを全員下がらせた。床榻に場所を移したふたりは、小机を挟んで向かい合う。

「ご多忙でしょう。お呼びくだされば伺いますのに」

紅琰が利き手の袖を引き、卓上の茶壺を取って茶を淹れる。

「構わない。散歩のついでもあるしな」

閨房指南が一段落し、毎日つききりで何時間も書房に籠ることもなくなった。いまは数日に一度、短時間の講義を行うだけだ。

しかし、顔を合わせる頻度は以前とそれほど変わらない。

「でも、ここには殿下を楽しませるようなものなどないでしょう。せっかくいらっしゃったのだから、琴でも弾きましょうか」

迎賓楼には琴や碁盤なども置かれている。どれも素晴らしい品だ。

だが、雨黒燕は笑って首を振った。

「なにもしなくていい。いまはそなたと茶が飲みたいだけだ」

「ありがたいお言葉です。どうぞ」

雨黒燕が出された茶杯を受け取り、香りを楽しむ。

「白牡丹か」

「ええ。どこでも手に入りますし、身体の熱を冷ましてくれます」

「いい香りだ。あなたの纏う香りに似ている」

瞬間、紅琰はギクリと固まった。日々の楽しさの中で忘れかけていた罪悪感が、いままた湧き上がってくる。

(まさか正体に気づいて……?)

ちらりと様子を窺うが、その言葉に深い意味はなかったらしい。雨黒燕はさして気に留める様子もなく、先程宮女に運ばせた食盒(シーフェア)を紅琰の前で開ける。

「東宮の厨師に作らせた。気に入るといいのだが」

美しい細工の施された食盒の一段目には、蓋付きの陶壺に入った白きくらげの汁物、その下には桂花糕(グイファガオ)や、花の蜜を使った酥(そ)点心などが入っていた。高坏に盛られた新鮮な果物や甘い菓子も、魔界ではかなり貴重なものだ。

「ありがとうございます。よければぜひご一緒に」

「いや、甘いものは苦手なんだ。食べてみてくれ」

「あ……そうでしたね。では、遠慮なく」

紅琰は桂花糕をひとつ取って口に入れた。金木犀は天界の仙木であり、慣れ親しんだ甘さと香りが舌に広がる。

「おいしいです。どこでお知りに？」

「太傅に教わったんだ。口に合ってよかった」

太傅は天界や人界の食べ物にも通じているらしい。

茶杯を口に運びながら、雨黒燕がふと円窓に視線を投げた。外景を丸く切り取る窓からは、静謐（せいひつ）な中庭が見える。だが色味は少なく、地味な花樹が寂しく枝を揺らすばかりだ。

「中庭が寂しいな。見栄えのする花や木を移植させて、手入れさせよう」

「いいえ、このままで」

「しかし……」

「花には花の心があります。どこで咲くかは花次第。派手さはなくとも、ここの花樹には瘴気に打ち勝つ芯の強さがあります。強いものは美しい」

そうか、と雨黒燕はどこか嬉しそうに頷いた。

天宮の庭園は色鮮やかで見事なものだが、魔王宮の園林も悪くはない。薄墨で描いた風景画のような風情があり、華美な花はなくとも穏やかな日々がある。

雨黒燕との主従のような兄弟のようないまの関係は、紅琰にとって心地いい。ともすれば本来、自分はここにいるべき存在ではないということを忘れそうになる。

詮ないことと知りつつも、この時間がずっと続けばいいのにと願わずにはいられない。

「庭と言えば、幼いころ、姉上にかわるがわる鞦韆を揺らしてもらったな」

「奇遇ですね。私も子供のころ、長兄とよく庭で駆け回って遊びました」

「紅琰先生には兄上殿が？」

「ええ、妹たちも大勢。みな母は違いますが」

「そうか。でも、兄上殿とは庭で駆け回って遊ぶくらい、仲がいいのだろう？　羨ましいな。俺には姉上しかいないから……あ、もちろん慈しんでくださることに感謝はしているんだが」

羨む雨黒燕を見つめながら、紅琰はふと遠い目をする。

（――慈しむ、か……）

幼いころの兄は、たしかに自分を可愛がってくれていた。月季にとって紅琰は、母から父を奪った憎い女の子供でしかないのに、だ。

兄の母が、天界を追われたのは自業自得だとみなが言う。

だが父帝は妾妃を寵愛するあまり、正妃を軽んじ、妬心を煽った。望むと望まざるとにかかわらず、結果的に母は正妃を蹴落とし、天后におさまった。

親の罪は子が償うべきならば、これは自分が背負うべき業なのだろう。

弟が怪我や毒では死なないことを、月季はとうに知っている。知った上でいたぶって、苦しむ姿が見たいのだ。

でも、それで少しでも兄の溜飲が下がるなら構わない。なにも知らず兄を慕い、纏わりついていた幼い自分も、きっと兄を傷つけていたはずなのだ。

なにをされようとも、紅琰は一度として兄に反撃したことはない。

「きっと、紅琰先生のご両親も、素晴らしいかたなのだろうな」

甘い菓子の喉越しが、急にざらついたものへと変わる。

それを熱い茶で流し込み、紅琰は作り笑いを浮かべた。

「息子として尊敬しています。ですが父は執務で忙しく、愛する女性も多くいて、あまり子供を構う時間はなかったといいますか……」

永遠のものなど存在しない。

いまが我が世の春だとしても、いつか天帝の寵愛が、母から他の妃に移るときが来ないとも限らない。あるいは天帝の怒りに触れ、配下の花の精らとともに天界を追われる日が来るかもしれない。紅琰が愛を自分事として考えられない一因は、そんなところにもあるのだろう。

「そういう愛もあるのだな。でも、俺はそんなことはしたくない。愛した相手に、一生を捧げられたら本望だ」

御伽噺のようなことを語る少年を、紅琰は眩しいものでも見るように見つめる。

「燕儿は一途ですね。でも、もしご自分が後に残されたとしたら、寂しいのでは」

神仙妖魔の一生一世がどれほど長いか、この子にはまだわかるまい。

添い遂げたとしても、相手に先立たれたあと、気の遠くなるような時間をたったひとりで過ごす片割れの孤独が、いかほどのものか。紅琰でさえ、想像もつかない。

「構わない。思い出だけで生きていけるから」

きっぱりと言い切る彼に、紅琰は唖然とした。

——愛し合った記憶だけを胸に、途方もなく長い年月を？

敗北感と同時に、羨望にも似た感情が湧き上がってくる。

自分はそのような愛を知らない。もしそんな恋ができたとしたら、どれほど幸せだろう。

ふと、荒唐無稽な考えが脳裏をよぎった。

もし雨黒燕が女だったら、一生自分を裏切らず、共に生きてくれただろうか。命を賭して一生に一度の愛を育むことができただろうか。

万が一、裏切られて命を落とすとしても、それほどの愛を得たのならば諦めもつく——。

「そういえば、助教の初夜伽が三日後に決まった」

「！」

雨黒燕の言葉に、びくりと紅琰の手が震えた。その拍子に茶杯が倒れ、熱い茶が手の甲にかかる。慌てて拭おうとした手を、雨黒燕が奪うように引き寄せた。

「燕……」

「火傷しなかったか」

ふーふーと息を吹きかけながら、上目遣いで訊ねられる。

その顔にふと、出会った日の彼が重なった。

怪我はないかと訊ねたときと同じ目で、心配そうにこちらを見ている。黒い瞳の中に、ひどく動揺した自分の顔が映っていた。

「いえ……」

さりげなく手を引っ込める。

「そ……そうか」

この少年は、他者を思いやる慈愛の心を持っている。民だけでなく、こんな自分にさえ、惜しまず向けてくれる。妃や子に対しても、穏やかで優しい夫君となるだろう。

その未来はもう遠くない。

ふいに胸が締めつけられるような感覚を覚え、紅琰は衿許を掴んだ。一体、どうしたのだろう。急に瘴気が強くなったわけでもないのに、息が苦しい。

沈黙を振り切るように、雨黒燕が席を立った。

「雨が降りそうだ。太傅に黙って出てきたから、そろそろ宮殿に戻らねばな」

その言葉に、紅琰は窓の外を見た。

魔界の空はいつもどんよりと曇っていて天気がわかりづらい。だが少なくとも雨の匂いはしなかった。

「ではまた、書房で」

黒い衣の裾をひらめかせ、雨黒燕が歩き出す。その後ろ姿は巣立ちする若燕にも似て、紅琰の胸に一抹の寂しさをもたらした。

明日にはまたすぐ会えるというのに、おかしなことだ。

「お見送りいたします」

颯爽とした姿を見送りながら、先程握られた手をもう片方の手で包み込む。まだ彼の温もりが残っているような気がして、なかば無意識に唇で手の甲に触れた。

火傷したわけでもないのに、彼の触れた箇所がひりひりと熱い。

ふと視線をずらすと、雨黒燕が飲み残した茶杯に、ひとひらの花弁が浮かんでいた。窓から吹き込む風がどこからか運んできたらしい。

溜息が、額にかかる一筋の髪を揺らした。

（私も、同じか）

愛した相手に裏切られれば、この身は枯れて散り散りとなり、霞となって無に還る。

互いに、酷な運命を背負わされたものだ。


あっという間に三日が過ぎ、いよいよ助教の女官が王太子の相手を務めるという夜がやってきた。冠礼、いわゆる元服の儀を間近に控え、雨黒燕は順調に大人への階段を登ろうとしている。

「は……」

迎賓楼の寝室に、溜息が響く。

まんじりともせず、紅琰は何度目かの寝返りを打った。

目が冴えて、眠れない。

目蓋を閉じても、ひとつのことばかり考えてしまう。

──あの可愛い王太子が、いまごろは閨で女を抱いている。

頭から離れないのは、きっと指南役として、教え子のことが心配だからだ。

うまくやれているだろうか。相手の女官はどんな女性だろう。

雨黒燕の身体に絡みつく女の肢体が嫌でも脳裏に浮かんでくる。

(馬鹿馬鹿しい……)

自分の滑稽さに溜息混じりの自嘲が零れる。

雨黒燕がいつだれを抱こうが、自分には関係ない。むしろ喜ばしいことなのに、なぜこんな寝苦しい夜を過ごさねばならないのだ。

再び、溜息をついたときだった。

かすかに扉を叩く音が聞こえた気がして、ハッと耳をそばだてる。気のせいではないようだ。紅琰は起き上がり、枕元の蝋燭だけを点けると、扉の前まで忍び寄った。こんな夜に自分の部屋を訪う相手がいるとしたら、ひとりしかしない。

「殿下？」

扉を開けると、はたしてそこには雨黒燕の姿があった。

「シッ……静かに」

着の身着のまま抜け出してきたらしい。髪も衣も夜露に濡れ、かすかに唇が震えている。

「とにかく、中へ」

寝室に招き入れる。すれ違いざま、かすかに香油の香りが鼻腔をくすぐった。ついいましがたまで同衾していたのだろう。

チリ、と心が焦げつくような錯覚を覚える。

だが、そんなことはおくびにも出さず、紅琰は熱い茶を淹れた。

「いったい、どうなさったのです？」

「……」

「今夜は大事なお務めがあったのでは」

だが雨黒燕は牀の端に座るやいなや、だんまりを決め込んでいる。まるで石像にでもなってしまったように、紅琰が差し出した茶にも手を出さない。

(もしかして……)

紅琰は茶杯を脇机に置き、雨黒燕の隣に座った。理由のわからない苛立ちから、わざと下品な冗談を言う。

「……もしかして、初めての女の味に戸惑いましたか？」

ようやく雨黒燕が顔を上げた。無言のまま振り向き、いきなり紅琰の両肩を強く掴んだかと思うとそのまま牀に押し倒す。

咄嗟のことに反応できず、紅琰は勢いよく敷布に背中から倒れ込んだ。蝋燭の灯が揺れ、覆い被さる男の影が天井に大きく映し出される。

雨黒燕が押し殺したような声で告げる。

「抱いておらぬ」

「……えっ？」

無防備に押し倒されたまま、紅琰は間抜けな声を出した。

まさか、妓楼での失敗が心傷となり、不能になったのか？

いや、その夜に自分が仕掛けた口淫が原因か？

目まぐるしく思考する紅琰の目前に、雨黒燕の端整な顔が迫る。

「愛する相手はひとりでよい」

思い詰めた表情を見つめるうちに、ようやく事態が掴めてきた。

（あ……あぁ、なるほど、またもや失敗して逃げてきたのか）

人道(レンタオ)の助教は熟女が多い。若い雨黒燕にとって御しがたい相手だったのかもしれない。

片手を伸ばし、まずは落ち着かせようと雨黒燕の背中を軽く叩く。

「つまり、助教の女官が好みではなかったと」

慰めながらも、なぜかホッとしている自分がいた。まさか、いつまでも可愛い童貞でいてほしいなんて馬鹿なことを願っているわけではないのに、どうしてだろう、頬が緩む。

「気になさることはありません。今度は、殿下好みの女官を厳選してお相手を」

「いらぬ」

「しかし、このまま初夜本番を迎えるのは殿下としてもご不安かと、……っ」

苛立ったように紅琰の肩を掴む手に力がこもる。

雨黒燕は唇を引き結んで俯いたが、すぐに光る眼を上げた。

「ならば、そなたが相手せよ」

「は、……え？」

予想外の台詞に理解が追いつかない。

切羽詰まった雨黒燕の顔が近づいてくる。

ぽかんと見上げていた紅琰は慌てて叫んだ。

「殿下！」

とにかく、いけない。

押し留めようとして、ふと手足が拘束されていることに気づいた。

（なんだこれは……！）

仙力ではなく、魔力で作り出された縄が手足に巻きつき、紅琰の自由を奪っていた。

実体のない魔力の拘束具は、仙力を使わなければ解けない。だが、それは自ら正体を明かすも同然の行為だ。

焦る中、相手の声が耳に響いた。

「あなたが好きだ」

まっすぐな告白に、紅琰は大きく目を見開いた。

頭のてっぺんからつま先まで震えが走る。

好き――だれが、だれを？

「あなたは、俺のことをどう思っている？」

（どう、って……）

混乱の中で、紅琰はひたすらに自問する。

雨黒燕のことは、真面目で可愛い教え子だと思っている。見た目も良くて、性格も好ましい。自分にとてもよくしてくれるし、一緒に過ごす時間はあっという間に過ぎる。もっと側にいて、もっと……。

（もっと……？）

もっと、どうなりたかったのだろう？

いま雨黒燕の前にいる紅琰は、本来の姿ではない。正体を隠した、偽りの関係の中で生まれた好意に便乗するなんて、どうかしている。

紅琰の無言にしびれを切らし、雨黒燕が目を覗き込みながら畳みかけた。

「あなたは、俺を……」

「殿下」

遮る声がわずかに掠れる。

とにかく、言わせてはいけない。天族と魔族は相いれない。想いが本物であるならなおのこと、期待を持たせてなんになる？

――受け入れられない、と言わなければ。

そして、なんのための閨房指南かと、冷静に諭すべきだ。

頭ではそうわかっているのに、言葉が喉で引っかかる。

本当は、そんなことを言いたくない。心が二分して支離滅裂だ。

行き詰まる紅琰をよそに、雨黒燕は睫毛をやや伏せながら顔を近づけてくる。

「紅琰……」

焦れたように名を呼ばれ、頬に温かな吐息がかかる。唇が触れ合う寸前で、紅琰は振り切るように顔を背けた。

「落ち着いてください、王太子殿下っ」

「閨で無粋な呼び方はするな。……そう教えたのはあなただろう?」

雨黒燕が低く囁き、再び顔を近づけてくる。

「……っ」

逆側に顔を背けるも、長い指で顎を捉えられた。動けないまま、しっとりと唇を合わせられる。彼の指に万力の力が込められているわけではないのに、どうしてか逃げられない。

混乱したまま、紅琰は低い声で叫ぶ。

「雨黒燕っ!」

「燕儿と呼んでくれ」

触れ合わせては角度を変え、やがて緩んだ唇の隙間から舌が入り込んできた。舌先で粘膜を探られる。宙に浮いて固まる舌裏をくすぐられ、あまりの甘さに紅琰は震えた。

(なぜ……)

まだぎこちなく拙い接吻。自分に抗えないはずはない。それなのに、じゅわりと唾液が湧き上がり、口の中が一気に濡れる。渇き切った喉に、久しく口にしていない甘露を流し込まれたようだ。

あまりの甘ったるさに喉が焼け、腑が熱くなる。体温までもが上がっていくようだった。

魔族の舌は甘いのか。それとも雨黒燕の舌が特別なのか。わからない。

いつしか紅琰は抵抗を忘れ、自らその甘さを欲して舌を伸ばした。雨黒燕の舌に自ら絡め、吸いつき、音を立てて飲み下す。まるで貴重な花の蜜を吸う胡蝶のように。

「ん……、夢みたいだ」

唇を離した雨黒燕が、嬉しそうな笑みを浮かべる。上気したその顔を見上げ、紅琰は息を乱しながら瞬きした。

――私は、いま……。

考える前に雨黒燕の手が帯にかかった。するりと解かれ、衿許から忍び込む。内衣をかいくぐり、肌に触れた手の熱さに震えが走った。

「いけません、それはっ！」

慌てて制止したが、相手も素直に聞けるような状態にはない。腰のあたりに押しつけられた下肢が、先程から熱く兆しているのを布越しに感じる。

紅琰の身体に圧しかかり、雨黒燕はいよいよ逼迫した掠れ声で囁いた。

「傷つけたくない。優しく抱かせてくれ」

——抱くつもりなのか？　この天界一の色男を？

紅琰はやや戸惑い、困惑の色を浮かべる。

「こんなものを使っておいて、なにをおっしゃる」

実体のない縄を視線で示すと、雨黒燕がふっと笑った。

「わからないとでも思っているのか。あなたの修為は、いまの俺より上だろう」

顔を近づけ、耳に唇を押し当てられる。

「！」

吐息が耳に触れ、ゾクリとする。

いまの雨黒燕には、本来の半分も魔力がない。紅琰が本気を出せば難なく解けるとわかった上で迫っているのだ。

「逃げないのは、王太子殿下に気を遣っているからか？　それとも……」

「っ」

咄嗟に首を伸ばし、雨黒燕の口を口接けで塞いだ。雨黒燕が驚いて固まる。

手っ取り早く女を黙らせたいときに使う陳腐な手口だが仕方がない。

しばらくして、唾液に濡れた唇が離れる。

赤い舌で唇を舐め、雨黒燕の目がぎらりと光った。

「同意とみなすぞ、いいのだな？」

「…………」

紅琰は瞬きもせず、雨黒燕の濡れた目を凝視する。

——どうして、私などを好きになった……？

もっと他にいるだろう。街には若く美しい魔族の女が溢れている。寵臣の娘を娶れば将来の後ろ盾になってくれるのに。

否、それでも今宵、彼は女を抱かず、自分のところにやって来た。嬉しくなかったと言えば嘘になる。いまがたとえ偽りの関係であっても、だ。

（……いいだろう）

彼の初恋は実らない。天界に戻ればもう二度と会うことはない相手だ。

そこまで想われてのことなら、今夜一晩だけでも応えよう。

紅琰はゆるりと赤い舌で唇を潤した。ひと纏めに縛られた腕を雨黒燕の首に引っかけ、強く引き寄せる。息を呑んだ雨黒燕の耳許に、低く囁いた。

「殿…燕儿が、男の身体でもいいとおっしゃるなら……この紅琰がお相手いたしましょう」

断袖分桃（だんしゅうぶんとう）は初めてだが、閨房指南役としての最後の務めと思って抱かれてやる。

天界一の色男を満足させることができたら一人前だ。

「紅琰……！」

感極まった様子で、雨黒燕が抱き締めてくる。獰猛な下半身を押しつけられ、紅琰はぐっと息を詰めた。唇を求めて近づいてくる顔をやんわりと拒む。

「拘束を解くのが先です」

躊躇ったものの、雨黒燕は素直に拘束を解いた。紅琰は痕が赤く残る腕を伸ばし、艶やかな笑みを浮かべる。

「来なさい」

「……っ」

雨黒燕がむしゃぶりつくように胸に飛び込んでくる。衿が大きく開かれ、露わになった白い肌に唇が当たる。紅琰は困惑を残しながらも、雨黒燕の頭を優しく抱いた。

「高嶺の花は、香りも甘いのだな」

首筋に顔を埋められ、臭いを嗅がれる。触れてくる指も吐息も驚くほど熱い。乳を求める子猫のような勢いで、鎖骨や首筋に吸いつかれる。

「大袈裟なことをおっしゃる」

紅琰は顔を逸らし、無防備に項を晒した。しっとりと熱を持ったそこに、熱い唇が押し当てられる。

「大袈裟なものか。あなたはいつも香(かぐわ)しい。あの夜も……牀であなたの項を見ながら、同じことを思っていた」

「……！」

王太子を口で慰めた夜のことを思い出し、紅琰は観念して目を閉じた。

それにしても、子供のくせに躊躇（ためら）いなく甘美な台詞を口にするところは誰に似たのだろう。まるで女を口説くときの自分を鏡越しに見せられているようで、居心地悪い。

「殿下」

「〝燕儿〟」

「……燕儿、口だけでなく、手を動かしては？」

やんわりと促した途端、腕を頭上に縫い留められた。ひんやりとした夜気に晒され、乳首がぷつりと浮き上がる。胸をまさぐる手のかすかな震えに、紅琰は笑みを禁じ得ない。

――年下の男が必死になっているさまを、可愛いなどと思う日が来ようとは。

雨黒燕は拙さを笑われたと思ったらしい。への字に口を曲げたと思うと、乳首をきゅっと抓（つね）り上げる。

「いっ」

乳頭にじんとむず痒い感覚が走り、紅琰は思わず声を漏らした。

してやったりとばかりに雨黒燕が小さな粒を摘んでは転がしつつ、もう片方を口に含む。

暖かく濡れた粘膜で乳頭を弾かれて、紅琰はなんとも言えない感覚が込み上げてくるのを感じた。

　両手でしなやかな胸の筋肉を揉みしだかれ、凝った乳頭を執拗に舐め上げられる。独占欲の表れか、あちこちに赤い跡をつけていくのがくすぐったい。

　敏感になった突起を強く吸われ、紅琰は思わず身を捩った。いままで意識したこともないそこが熱く腫れてくるような、もどかしい疼きを放ち始める。

「紅琰、気持ちいいか？」

　声を殺す紅琰の表情を窺うように、雨黒燕が視線を上げる。顎を引いて見れば、赤く腫れた乳首が唾液で光り、チラと覗く彼の舌との間に透明な糸を引いていた。

　あまりの卑猥さに、紅琰はくらくらと眩暈を覚える。いやしくも、天帝の第二皇子ともあろう者が、魔王の世子にこのような背徳的な行為をさせている――その事実を目の当たりにして、また体熱が上がった気がした。

「……お上手ですよ」

　煽ったように聞こえたのか、雨黒燕は片眉をぴくりと上げた。

「それは重畳」

　そう言いながら腫れた乳首に強く牙を立てる。同時に内衣の上から兆しかけた男茎を握られ、紅琰の下腹部が小さく跳ねた。噛まれる痛みに、明瞭な男としての快感が重なる。

「う、……っ」

久しぶりだからか、勃ちが早い。布越しの刺激がどうにももどかしく、紅琰は自ら内衣を乱した。雨黒燕の手を取ってそこに導く。

「紅琰」

「どうすればいいか、……もう知っているでしょう」

一糸纏わぬ白い身体を見下ろして、雨黒燕が喉仏を上下させる。

ゆるく勃ち上がった性器を左手で握り込まれ、紅琰は切なく眉を寄せた。ちろちろと乳首を舐められながら、長い指で直に扱かれる。露に濡れた朝顔の蔓のように五本の指が花芯に巻きついて気持ちいい。紅琰は片手で額の髪を掻き上げ、腰を浮かせた。瞬く間に自身が硬く張り詰める。

「っ、ふ、……そう、……そこ……っ」

おそらく、雨黒燕も他人のモノに触れるのは初めてだろう。だが拙いということはなく、同性ならではの力加減が気持ちいい。

紅琰は眉間に皺を刻み、わずかに息を乱しながら雨黒燕の股間に手を伸ばした。先程からずっと、衣の前が力強く持ち上がっている。先端部分にはかすかに先走りが滲み、放置するには忍びない。だが、雨黒燕は紅琰の手を避けるように腰を引いた。

「燕儿？」

「……いま触られると、……まずい」

その一言ですべてを察し、紅琰は引き下がった。余裕がない中でも、溺れまいと必死な様子が初々しくて、可愛いらしい。

雨黒燕は咳払いし、袖から掌におさまるほどの陶器の小瓶を取り出した。栓を軽く噛んで抜き取り、中身を掌に開ける。とろりと流れ出てきたのは、今夜の実習で閨に用意されていたであろう香油だった。

助教の女官を寝所に置き去りにして、代わりに香油だけを持ち出してきたらしい。先程、すれ違いざまに雨黒燕の身体から薫ったのと同じ匂いが鼻孔をくすぐる。

「……紅琰、脚を」

臍の下に接吻を落とし、上目遣いで促される。この顔に否と言える者がいるだろうか。

膝を立て、長い脚を開きながら、紅琰はふと首を傾げた。

——男同士の交わりに潤滑油が必要なことをなぜ知っている？

自分自身、龍陽（りゅうよう）の経験もなければ、教えた覚えもない。

「……っ」

香油で濡れた指先が、あらぬ場所に触れた。ゆっくりと中に押し入ってくる。

びくりと膝を浮かせた瞬間、紅琰は思い出した——雨黒燕に譲ったたくさんの春宮画の中には、男色の秘戯図も含まれていたことを。

「う、……っ」

無花果を弄んだときの指使いそのままに、ゆるゆると浅い場所を嬲られる。敷布を踏みしめていた足が徐々に爪先立ち、やがてきゅうっと丸まった。

排泄をしない自身の身体になぜこの器官があるのか、ずっと不思議だった。無用の長物であったはずのこの場所で、まさかこんな罪深い快感を得る日が来ようとは。

「すごい、ひくひくしてる……」

「……っ……」

「あなたの中が、こんなに熱いなんて……」

──それ以上、言うんじゃない。

中を掻き混ぜられながら、紅琰は奥歯を噛み締める。

『相手の状況をそのまま言葉にするのもいいでしょう。自覚すると性感が昂まりますから』

──あのとき、調子に乗って適当なことをぺらぺらほざいたこの口を罰したい。

「……う！」

入れる指の本数を増やされた。少し動かされただけでも蕾が締まり、雨黒燕の指を締めつけてしまう。たっぷりと中を濡らされ、慣らされていく感触が慣れなくて恥ずかしい。

思わず顔を背け、敷布に頬を擦りつける。

「ああ紅琰……首の赤い痣、花みたいでとてもきれいだ」

「！」

咄嗟に紅琰はそこを手で押さえた。

──火傷しそうなくらい、熱い。

首の牡丹は昂奮するとより鮮やかに浮き上がる。赤く染まった牡丹はすなわち、紅琰が感じている証でもあるのだ。

いくら信じたくなかろうが、身体は嘘をつかない。

「ふ、……っ」

もう、認めざるを得ない。後庭から指を抜かれ、紅琰は詰めていた息を吐いた。しなやかに身体を反転させ、伏せた白虎のように雨黒燕を振り返る。長い髪が背中から敷布になだれ落ち、真珠色の肌が露わになった。

「来なさい」

「……うん」

床帳越しの柔らかい灯りの中、燕儿が寝衣を肩から滑り落とした。溌剌と若さ漲る肉体が露わになる。うっすら割れた下腹部では、撓り返った巨大なモノが先端から涎を滴らせ、紅琰を食らおうとしていた。

「っ、……っは、……」

引き締まった尻臀を割り開かれる。蕾へと直に香油を垂らされ、紅琰はひくりと震えた。濃厚な花の香りとともに、ぬらりとした液が腿の内側を伝う。

先端をぬるぬると擦りつけられ、身体が勝手に竦み上る。蕾がきゅうっと窄まり、雨黒燕のモノをやんわり食む。

「う、っ……！」

蕾の縁を押し広げ、わずかに先端がめり込まされた。たったそれだけで全身が総毛立ち、背筋を痺れが駆け上がる。

小刻みに震える背中に、雨黒燕が覆い被さってきた。うっすらと汗ばむ肌と肌が密着し、顎を捉えて口接けられた。熱っぽく潤んだ目で請われる。

「……どこまで、入れていいんだ……？」

切羽詰まっていながらも、恐れを含んだ低い声が内臓に響く。

自分に嫌われるのが怖いのだ。そう気づいた瞬間、紅琰の口許がわずかに緩んだ。

受け入れる側であろうと、主導権を握っているのは自分だ。導いてやらねばならない。

「もっと奥まで、来ていい……」

言い終わる前に、ぐぷん、と音を立てて亀頭部が押し込まれた。

（あ、あ、あ）

巨大なモノがゆっくりと侵入してくる。文字通り、身体を開かれていく感覚に息ができない。

粘膜が薄く引き伸ばされ、陰茎に張りついて締め上げる。予想よりもはるかに苦しい。

噛み締めていた唇が色を失い、震えながら薄く開いた。

「……待っ……燕儿、……っおき、い、……っァ、ァ」

息ができない。身体を内側から裂かれるようだ。

不埒な手が胸を這い回り、熱を持つ尖りを摘まれる。甘い疼きがじわりと広がり、息が乱れる。拙く腰を送り込まれ、紅琰は敷布に強く爪を立てた。

「無理、だ、紅琰……止まらない……中、気持ちよくて……っ」

息を荒げ、前後に揺さぶりながら、奥へと侵入してくる。腰が止まらない、と訴える声に煽られて、紅琰もまた切なく喉を震わせた。

「っあ……あ……燕儿……っ」

喘ぎに交じる艶を読み取り、稚拙だった律動がすぐに的確な動きへと変わる。ぎこちなくも丁寧だった前戯とは違い、抽挿は遠慮がない。ひっきりなしに中の粘膜が痙攣し、中の雨黒燕を締め上げる。

——九浅一深、浅内徐動、弱入強出。

手ずから教えた性技の数々が、意趣返しのようにすべて我が身に跳ね返ってくる。

覚えのいい優秀な弟子に、面白がってあれこれ教え込んだことを悔いても遅い。

「っ……う、ぁ……っ」

あらぬ場所を暴かれ、そこで快感を得てしまっている。それだけでも信じられないのに、一突きごとに身体が勝手に順応し、種をねだるように相手の動きに合わせて蠢動(しゅんどう)する。まるでそこが生殖器官であるように、だ。

「紅琰……悦いのか、紅琰……?」

答える代わりに、自ら腰を揺らした。雨黒燕が上擦った声を上げる。

「っあ、紅琰……っだめ、だ」

房中術の極意を思い出したのか、雨黒燕の身体に力が入る。

だが、紅琰のほうが我慢できなかった。浅いところにひどく感じる場所があり、亀頭部で強く擦過(さっか)されるたびに下肢が蕩けそうになる。一度味わってしまうともう、自分でも止められなかった。腰を動かすたびに強い快感が込み上げてきて、芯から身体が熱くなる。

「!　あ」

たまらず抜こうとした雨黒燕の下腹部に、紅琰は尻臀を押しつけた。无花果を潰したときのような音が閨に響く。ジンとした痺れが脊髄を駆け上がり、紅琰はぐっと奥歯を噛み締めた。

「っぐ……ぅ……」

接合部から、香油と性液が混じり合ったものがねっとりと垂れ落ちる。どうにか快感をやり過ごし、雨黒燕が息をつくのがわかった。

「達(イ)くかと思った……紅琰先生の指導は厳しいな……」

細いながらもしっかりとした腰を掴み、双丘の割れ目を押し開かれる。あらぬ場所に視線を感じ、紅の頬に朱が散った。雨黒燕が浅い律動を再開する。

「五徴五欲を見極める……だったな、できてるか……？」

「……ッ」

紅琰は固く目を閉じた。

己のモノが出入りする様を凝視しながら、腰を使われているのだ。汗ばむ背中も、濡れた蕾も、引き出された陰茎が内側の粘膜をめくり上げる淫猥な様も。

ふいに自身を掴み取られ、紅琰は腰を跳ねさせた。先端の割れ目から蜜が溢れ、陰嚢が重く揺れる。

「教えてくれ。どうすれば、あなたを、気持ちよくできる……？」

「あ、あ」

答える余裕などない。律動に合わせ、強く弱く扱き上げられる。感じる場所を同時に攻められ、紅琰は震えた。相手を悦ばせろと教えたのはたしかに自分だ。しかし、初めての情交でこれだけ性戯を駆使する男に、これ以上、なにを教えられるというのか。

「！」

浅く抽挿していた雨黒燕が、ふいに疾（はや）く腰を引いた。蕾の縁が亀頭のくびれにかかるほど引き出される。

そして、一気に根元まで突き入れられた。

「……っあぁっ‼」

ぐち、と最奥に嵌り込む音を体の中で聞いた気がして、紅琰は小さく口を開ける。全身が戦慄（わなな）き、耳を塞ぎたくなるような嬌声が喉から押し出された。裂けんばかりに開ききった眦（まなじり）から涙が滴る。

「は……、吸い込まれそう……紅琰……好きだ、……好きなんだ、あなたが……っ」

「あ、ぁ、あ……っ」

一度、箍（たが）が外れると、もはやなし崩しだった。余裕を失くした雨黒燕に激しく突き上げられ、強い痺れにも似た快感が背筋を駆け上がる。重い快感の波が次々と折り重なって、逃しようがない。

「ん、っ、っく……っ！」

紅琰は歯を食いしばり、成す術もなく腰を震わせた。勝手に下腹部が痙攣し、ぼたぼたと敷布に濁った液が振り撒かれる。

相手のモノを食んだまま、内襞がきつく締まる。律動が乱れ、雨黒燕が獣じみた唸りを漏らした。

「――っ……、ぅ、締まる、……っ」

絶頂に引き摺られるようにして、雨黒燕も達したらしい。

自分の中で、陰茎が大きく跳ねるのを感じる。紅琰はきつく目を閉じ、無意識に全身を硬直させせた。鳳仙花のように勢いよく弾けた種が体奥へと注ぎ込まれる。

「あ、……ッ中、に……っ……」

腹の奥が焼けるように熱い。まるで火を放たれたようだった。

悦かった、なんて言葉では言い表せない。解き放ったいまもまだ、身体の奥にはふつふつと埋火のような快感が続いている。

雨黒燕は接して漏らさずを律儀に守り、紅琰の身体を器用に反した。抵抗しようにも、息をするので精いっぱいで身体に力が入らない。大きく開かされた両足で、雨黒燕の腰を挟み込む形で仰向けにされる。

「紅琰……先生……」

雨黒燕もまだ息が荒い。紅琰の両脇に手を突き、余韻に震える身体を見下ろしている。

「たくさん、出しましたね」

よくできましたと言わんばかりに微笑んでみせたものの、下半身はガクガクだ。面目を気にしながら、震える手で雨黒燕の乱れた髪を掻き上げる。

「私の指南は終わりです。もう……」

声は途中で途切れた。

身体の中で、雨黒燕のモノがみるみる硬度を取り戻してくるのがわかったからだ。

「雨黒燕っ」

――もう抜いていい。いや、抜くだけでいい。

焦った紅琰が口を開く前に、雨黒燕が腰を引いた。ずるりと引き出された陰茎が、次の瞬間、勢いよく押し戻される。飛び散るような水音に、悲鳴じみた声が重なった。

「っ、待っ、雨黒燕……っ！　やめ、……っつよい……っ……っ」

「今度はもっと悦くする……十動までイかせるから」

真面目な故に意地になったか。あるいは不本意に達したのが悔しいのか。押し退けようとする紅琰の手を敷布に縫い留め、再び挑みかかってくる。ひどく敏感になっている内襞を激しく擦り上げられ、腰が砕けそうだった。

「っ……燕儿、ご不満だったなら、う……っ」

唇を接吻で塞がれる。舌で口内を掻き混ぜられ、溢れた唾液を喉を鳴らして飲み込んだ。息を荒げ、先程よりも滑らかに腰を送り込みながら、雨黒燕が言い放つ。

「満足してないわけじゃない。紅琰のここが絡みついてくるのがいけない……放してくれないのは、あなただろう……？」

色濃く情欲を湛えた瞳が薄闇で赤く光る。どうにか制御を試みたが、若さには敵わない。

達したばかりでひくつく粘膜を、小刻みに浅く深く擦られる。気持ちいい場所をしつこく捏ねられ、高められては寸前で止められる。紅琰は掠れた声を上げ、もどかしさに身悶えした。いままで感じたことのない快感が、下腹部に重く積み重なっていく。

（まずい……！）

得体の知れない感覚が背筋を駆け上がってくる。感じる場所を狙ったように攻め立てられ、奥まで一気に貫かれた。深く突き入れられたその瞬間、男茎の先端から、ぷしゃっと音を立ててしぶきが上がった。

「あ……っ⁉」

しでかした粗相に驚き、羞恥よりも先に言葉を失う。まさか、こんなことが我が身に起きるとは思わなかった。水っぽい仙液が断続的に吹き上がり、腹筋の窪みを伝いながら敷布に染みを広げていく。雨黒燕が目を細め、深く繋がったまま動きを止めた。

「本当に出たな」

さらさらとした液を指で掬い取り、見せつけられる。いたたまれずに顔を背けると、雨黒燕は笑みを漏らして、ぺろりと舐めた。

「あなたがくれた本に書いてあった。達したあとには津液が出るって」

「違……それは女人の、……っぁ！」

足を抱え上げられ、繋がる角度がわずかに変わる。より深く腰をねじ込まれ、紅琰は掠れた声を上げてのけぞった。

「あ、ぁ！」

過敏な個所を強く抉られ、脳が白く焼き切れる。男を食んだ蕾の縁から、ごぷりと白濁が湧き出し、尻を伝って滴り落ちた。律動はさらに滑らかになり、雨黒燕が腰を穿つたびにいやらしい濡れ音が立つ。

「紅琰、哥哥……っ」

自分を呼ぶ上擦った声に、欲を掻き立てられた。快感に耐えながら、必死に腰を振っている雨黒燕が、可愛くてたまらない。

項の牡丹はいよいよ鮮やかに赤く染まり、意識が飛びそうになる。気持ちいいなんて軽い感覚ではない。このままでは本当に女にされてしまう。

「……んン……ッ」

腕を掴まれ、上体を引き起こされた。終局に向けて、さらに律動が早くなる。なにも考えられないまま、紅琰は雨黒燕の肩に縋りついた。嬉しそうな声が耳に響く。

「足りないか。俺もだ、まだ欲しい」

「違……」

否定する前に接吻で唇を封じられる。精を注がれてから感じ始めた身体の異変に、紅琰は不安を感じていた。

しかし、あれほど積極的にふるまえば、勘違いされるのも無理はない。

休む間もなく、再び抽挿が始まった。

何度交わったか、覚えていない。

目を覚ましたとき、まだ夜は明けていなかった。枕元の蝋燭はとうに燃え尽き、寝室内は静かな闇に沈んでいる。

重い身体で寝返りを打とうとして、自分に抱き着いて眠る雨黒燕の姿に気づいた。

（最後は逆転したというのに、寝顔だけは可愛いんだからなぁ……）

呆れを通り越して溜息しか出ない。乗ったつもりが、逆に乗っかられた気分だ。だがまぁ、気持ち良かったからよしとしよう。

眠れる獅子を起こさぬよう腕をどかし、紅琰はゆっくりと身を起こした。

「疼っ……」

途端にあちこちに痛みが走り、眉間に深く皺が寄る。

雨黒燕が気を遣ったのか、肌は清められていた。だが、そこかしこにうっ血痕や噛み跡などが残っている。ただそれよりもはるかに痛みを伴ったのは、初めて魔族の精を注ぎ込まれたことによって受けた内傷だった。

――これも破瓜のうちに入るのか？

髪帯を口に咥え、髪を高く結わいつつ苦笑いする。

魔力は仙力と相克する。精は力の源であり、受け入れ慣れていない体にあれだけの量を注げばダメージを食らうのは当然だろう。生死に関わるほどではないが、自然治癒には時間がかかる。内功修行で治すにしても、ここでは無理だ。

髻に笄を挿し、紅琰はふらつく足で立ち上がった。床帳ごしに寝息を窺いながら、衣桁に引っかけてあった衣を身に着ける。

『あなたが好きだ』

思い出すと罪悪感に苛まれる。

一夜の情と身を赦したが、想いには応えられない。

いまの紅琰は仮の姿であり、魔界と天界との関係も良いとは言えない。魔王の血の存続を最優先しなければならない彼が、寄りにもよって——相手が悪すぎる。

「ん……紅琰、哥哥……」

聞こえてきた喃語のような声に振り返る。寝返りを打ち、幸せそうに呟く雨黒燕は無邪気な赤子のようだ。やんちゃなところもあるが聡明で優しく、多くの天族が魔族に対して抱いている邪な印象とはかけ離れている。

しばらくの間、紅琰はその寝顔を見つめていた。網膜に焼きつけるように、じっと。

（この可愛いのが、どんな試練を受けるのか……）

誰もが通る大人への道だ。その昔、自分も一人前と認められるために天劫の雷に耐えた記憶がある。魔界の王家の定式は知らないが、雨黒燕なら——きっと大丈夫だろう。試練に耐えて修為と魔力を取り戻し、家族や民に祝福され、幸せになってほしい。できれば天界とは関わらず、魔界を安寧に維持してほしい。

（結局、本来の雨黒燕の姿を、私は一度も見ることができないままか……）

そう思うと急に離れがたい思いに駆られた。もっと傍にいたかった、などと柄にもなく感傷的になる。

だが、相手はいずれ魔界の王となる男だ。

紅琰の正体を知ってしまえば、間違いなく欺かれたと感じるだろう。彼の純粋さを知るからこそ、傷つける前に去らなくてはいけない。

（……潮時か）

教えられることはすべて教えた。太傅への義理も、指南役としての役割も果たせたはずだ。甘い記憶はひとときのものであり、今後は互いに交わることもない。

（すまない）

このまま姿を消すことを、どうか赦してほしい。

声を出さずに詫び、紅琰は音を立てないように部屋を出た。白い衣の裾を靡かせながら、月明りに木々が影を落とす中庭に出る。

だが、いくらも歩かないうちに紅琰の足は止まった。

「――何者だ」

返事の代わりに、空を切る音がした。

放たれた矢を躱し、軒先や廻廊の柱や梁の影に素早く視線を走らせる。

(五、六、七……七人か)

魔族ではない。全員が顔に黒鉄の仮面をつけ、夜行衣に身を包んでいる。天界に帰ろうとしたいまこのときに襲撃されるとは間が悪い。

「挨拶もなく無礼であろう。出て来い、相手してやる」

言い終わるころには、音もなく現れた曲者たちに囲まれていた。鈍く光る得物を手に、頭と思われる男がゆっくりと紅琰に近づいてくる。

「第二皇子は魔界に長居するうちに天族の誇りを忘れたと見える」

「……だれの指図だ」

相手が答えるはずがないと知りつつも問いかける。

「その前に、みっともない角を取ったらどうです？　そんなもので魔族に化けたつもりですかね」

仮面から覗く目は鋭く、かなり挑発的だ。

天界と魔界の境結界を突破する方法はふたつしかない。

自身で異空間移動術を使うか、あるいは他者に伝送術で送り込んでもらうかだ。どちらもそれなりの修為がなければ不可能であり、これほどの数を一度に送り込むことができる者は、天界でも限られる。魔王宮の厳重な結界をも突破してまで自分を狙う相手となれば、兄しかいない。

「みっともないか？　自分では気に入っていたのだが」

薔薇の棘で作った角に触れ、紅琰は心外だと言うように肩を竦めた。

男の目にあからさまな侮蔑の色が浮かぶ。もはやこれ以上の問答は無用とばかりに、短く叫んだ。

「かかれ！」

刺客がいっせいに襲いかかってきた。

紅琰は向かってきた剣の切っ先を躱し、相手の腕を掴んでねじ伏せる。飛び込んできた別の相手を足払いし、手刀で暗器を叩き落とした。

掌底で吹っ飛ばした男が石灯篭に背中を打ちつけ、もろとも地面に崩れ落ちる。だが、飛んできた矢を避けた瞬間、胸に蹴りを受けてしまう。体勢を崩しながらも紅琰は大きく跳躍して背後に下がった。

「ふっ……」

口に湧き上がる血を吐き出し、荒く息をつく。

いつもなら難なく躱せる攻撃だ。しかし内傷を受けた身体が思うように動かない。容赦なく弩から矢が放たれる。身構えた紅琰の前に、黒い影が飛び込んできた。

「！」

鈍く光る黒い剣が空中の矢をすべて薙ぎ払う。

そこには、繻子の黒衣を纏った雨黒燕が愛剣を手に仁王立ちしていた。

「大丈夫か、紅琰」

「あ、あぁ、なんともない……」

紅琰の唇から滴る血を見た瞬間、雨黒燕が顔色を変えた。目を赤く光らせ、冷ややかに振り返る。

「痴れ者が。誰であろうと許さぬ」

紅琰を背後に庇い、上から向かってくる刺客を切り伏せる。だが刺し貫いた剣を抜く前に、死角から躍り出てきた男が、双手剣を振りかざした。

——躱し切れない。

紅琰が咄嗟に身を躍らせる。

「‼」

雨黒燕を庇い、間に飛び込んだ瞬間、重い一撃を食らった。反動で脳が揺れ、額の疑似角が弾き飛ばされる。切っ先は左肩を貫き、肉と骨を打ち砕いた。

「紅琰！」

刺客を切り伏せ、雨黒燕が叫ぶ。

「平気だ」

片膝を突き、肩を押さる紅琰の指の隙間から、鮮血が滴る。

赤く染まった手を見つめ、紅琰は天を仰いだ。

「……兄上も、厄介なことをしてくれる」

刺客を放った兄の狙いが、自分の命でないことは明らかだ。おおかた、雨黒燕の存在を知り、引き離そうともくろんだのだろう。紅琰と親しくなりすぎた相手はすべて、最悪の形で別れさせる。

(兄上、それほどまでに、この弟が憎いのですか……?)

兄が平穏を得られるならと、あえて苦しむことを選んだ。兄の心を乱さぬように、できるだけ天宮には顔を出さず、天界を抜け出しては放浪してきた。

だが、兄弟間の確執に魔界を巻き込むわけにはいかない。

雨黒燕を傷つける者はだれであろうと許さない。

「制裁を受けるべきは私の不徳のみ」

震える指で経穴(けいけつ)を衝き、当座しのぎに止血する。

紅琰は血に濡れた手を上げた。髻に挿していた花苞笄を引き抜き、息を吹きかける。笄から金色の眩い光が放たれ、次の瞬間、紅琰は一振りの見事な神剣を手にしていた。

「紅琰……!?」

「話は後に」

雨黒燕の驚愕を横目に、敵に切り込む。刀を交えた瞬間、四方に赤い火花が散った。

にわかに空が割れ、鋭く稲妻が走る。刹那、刺客との間にすさまじい雷が落ちた。局地的な突風が吹き荒れ、袖で顔を庇いながら雨黒燕が叫ぶ。

「紅琰！　伏せろ！」

「案ずるな」

やがて渦巻く白い煙の中に、天界の武官たちの姿が浮かび上がった。魔界で花苞剣が使われたことを察知した冬柏が、精華宮に近侍する精鋭たちを率いて駆けつけたのだ。

「天族か」

雨黒燕の低い呟きに、紅琰が答える。

「いかにも」

片膝を突き、地面に突き刺した剣を支えに肩で息をする。肩から流れ出した血が白い長衣を真っ赤に染めていた。

もう正体を隠し通すことはできない。すでに魔王宮のあちこちから篝火（かがりび）が上がり、衛兵たちの怒声や足音が近づいてきている。

刺客ひとりを剣で退（しりぞ）け、冬柏が駆け寄った。

負担が大きい。

「大事ない」

気丈に頷いてみせたものの、花苞剣を操るには霊力を消耗する。内傷を負った身体には
「二殿下！　お怪我は」

「やつらを殺せ！　二殿下をお守りせよ！」

命令とともに、武官たちが一斉に刺客たちを包囲する。刀を交える寸前、突如目の前のなにもない空間に眩しく光る裂け目が現れた。裂け目は死体もろとも刺客の者たちを吸い込み、一瞬で消えてしまう。

「伝送術か」

冬柏が舌打ちする。

「追わせますか」

「よい。兄上のことだ、証拠を残すような真似はしない」

彼らは重要な情報を口にしなかった。だが、周到な月季のこと、天界に戻る前に口を封じられるだろう。

それよりもまず、気にするべきはいまの状況だった。

冬柏の腕に抱えられる紅琰の許に、音もなく雨黒燕が近づいてくる。油断なく睨み据える冬柏など目に入らない様子で彼は呟いた。

「その剣……、百華王か」

その場が水を打ったように静まり返る。

天帝の第二皇子が、身分を偽って魔王宮に入り込んだ。どう言い訳しようともこれは事実だ。天界から差し向けられた刺客が、だれを狙った者であったかなど関係ない。天族が魔王の世子に剣を向けた時点で、魔族は容赦しないだろう。

ややあって、紅琰が細く長い溜息をついた。

「騙すつもりはなかった」

雨黒燕が強張った表情で立ち尽くす中、禁軍の鎧を纏った兵たちが駆けつけてくる。衛兵たちはなにごとかと色めき立ち、すぐに天族を取り囲んだ。

仙力を使った痕跡と怪我を負った紅琰、その手に握られた花苞剣。言い訳できない状況下で、魔族の兵たちの間にもざわめきが広がった。

「なぜ天族がここにいる？」

「あの法具は百華王のじゃないか。天帝の第二皇子がなぜ？」

「身分を偽って魔王宮に侵入した密偵だったんだ」――……

疑問は確信へと変わり、すぐに敵意となって天族に向けられる。

抜鞘持つ天族の武官たちを、紅琰が制止した。

「手出しするな」

「待て！」

ほぼ同時に雨黒燕が命令する。

一方で、冬柏は紅琰の内傷にいち早く気付いていた。勘のいい彼は紅琰の首筋や手首に残る縄の痕跡に、ことの次第を察したらしい。怒りに震えながら佩剣(はいけん)の柄に手をかける。

「貴様、二殿下にどこまで卑劣なことを」

主に近づかせまいとする冬柏を、雨黒燕が不敵な笑みを浮かべて一蹴する。

「貴様には関係ない」

「無礼者め！　ただですまされると思うな」

「冬柏、争うな」

引き抜こうとした剣を、紅琰が動くほうの手で抑える。

だが、魔族の側が黙ってはいなかった。

「無礼は天族のほうだ！　魔界に入り込んでなにをしていた！」

「そうだ！　捕えろ！」

いきり立つ兵たちを雨黒燕が一喝する。

「控えよ！」

一触即発の状態が続く中、雨黒燕が静かに紅琰に呼びかけた。

「紅琰」

「……」

冬柏に抱えられたまま、紅琰は霞む目を上げた。雨黒燕と視線が絡む。

「聞きたいことはいろいろある」

「……だろうな」

こんな形で紅琰の正体を知ることになってしまった。謝っても許されるとは思わない。きっと傷つけただろうし、裏切られた思いもあるに違いない。感情のままに詰(なじ)りたい気持ちもあるだろう。

だが、雨黒燕の口から出た言葉は意外なものだった。

「なぜ、身を挺してまで俺を庇った」

厳しい声音とは裏腹に、縋りつくような瞳が胸を締めつける。

なにを言っても傷つけそうで、紅琰はなかば朦朧としながら首を振った。

「私が知りたい」

理由なんて、自分でもわからない。

ただ、雨黒燕に切っ先が向いたあの瞬間、考えるより先に身体が動いた。兄にどれだけ害されようとも耐え忍んできた自分が、初めて耐えられないと感じたのだ。

「どうして……っ。あなたは俺を……、今夜だってあんなにも、……っ」

両族の視線が注がれる中、雨黒燕が沈痛な面持ちで言葉を飲み込む。

紅琰は震える手を持ち上げ、黄金色の光を放つ指先を自身の左胸に沈めた。再びゆっくりと引き出されたその指には、金赤色に輝く蕾をつけた一枝の牡丹があった。

「これを。……受け取ってほしい」

まだ咲いていない牡丹を、そっと雨黒燕に差し出す。

ただの牡丹ではない。神の生命の根源とも言える元神の一部だ。

止めようとした冬柏を、紅琰は首を振って黙らせた。

「………」

長い沈黙を経て、雨黒燕が手を伸ばした。

受け取るのを見届けて、紅琰の顔に安堵の笑みが浮かぶ。

「これが、あなたの答えだと思っていいのか……？」

――『あなたは俺のことをどう思っている？』

答えない紅琰に、雨黒燕が歯を噛み砕かんばかりに声を発する。

「紅琰……！」

わからない。

始まりは、ただの暇潰しだった。最初から密偵として魔界に潜入したわけではないが、あわよくばという下心がなかったと言えば嘘になる。

だが、宮中でともに過ごすうちに、いつの間にか、雨黒燕を裏切りたくないという思い

が強くなっていった。

　誓って、雨黒燕を利用したことはない。

「すまなかった。――でも、これだけは信じて欲しい」

　できることなら違う立場で出会いたかった。こんなふうに悲しい顔をさせたくなかった
から、別れを告げずに去りたかった。

　この気持ちを、どう言い表せば伝わるのか、わからない。

「こんな別れ方は、本意ではなかった。燕儿、私は」

「二殿下」

　冬柏の声が被さる。

「瘴気が傷に障ります。天界にお戻りください」

　修為の高い神仙なら差し障りないが、いまの紅琰は満身創痍だ。仕方がない。

　紅琰が黙って頷くと、その場にいた天族は一瞬で消え去った。

【第二篇】


天界に戻る途中で、気を失ったらしい。

次に目を覚ましたとき、紅琰は精華宮の寝殿で牀に寝かされていた。

「お目覚めですか、二殿下」

目を開けるや否や、見慣れた風景と冬柏のホッとした顔が視界に飛び込んでくる。身じろいだ途端、肩に走った鈍痛に紅琰は柳眉(りゅうび)を顰めた。

「無理なさらずに」

「……いや、起こしてくれ」

冬柏の手を借り、枕に背を預けて半身を起こした。

外は明るく、そろそろ天宮で朝議が終わるかというくらいの時間のようだ。

控えていた侍女たちを下がらせ、冬柏は包帯を取り換えるために紅琰の寝衣の衿許を開いた。肩に巻かれた包帯には、真っ赤な血が滲んでいる。

魔界での出来事が脳裏に蘇り、軽く息を吐いた。

「どれくらい眠っていた？」

「三日です」

「回復が遅いな」

三日も寝ていたのに、まだこれほどの痛みがあるとは。

呑気な言葉に、冬柏の包帯を巻く力が強くなる。

「元神の一部が欠けたからですよ！　なぜあんな無茶をしたのですか？」

「いたた……冬柏、優しくしてくれ」

情けない声を上げつつも、こうして冬柏に叱られるのは久しぶりで、なんだか懐かしい。

刺されたのは肩だというのに、なぜか乳首を隠すように胸を包帯でぐるぐる巻きにされる。

「心配したんですからね。まったく、魔族なんかに紅牡丹を与えるなんて……。そんなこと、タラシの二殿下らしくないですよ。いったいどうしちゃったんです？」

言われてみれば、たしかにそうだ。気に入った女に花を贈ることはあっても、元神の欠片など与えたことはない。

「さて、どうしてだったかな」

ただ、渡したかったのだ。どうしても。

罪滅ぼしとは言わない。

元はと言えば、自分の軽はずみな行動が発端だった。

最初からそのつもりではなかったにせよ、結果的に雨黒燕を巻き込んだことは事実だ。

心を弄ぶような結末になってしまったことが心苦しい。

こんな自分に、ひたむきな想いを寄せてくれた。

雨黒燕を受け入れたことに後悔はない。ただ、あのような形で雨黒燕の許を去ることになってしまったことは心残りだった。

傷つけてしまったことにも、言い訳のしようがない。

信頼を裏切ったのだから、恨まれて当然だ。

「肩の傷は数日、安静にすれば治ると太医が申しておりました。あとはその……痣のほうですが……」

冬柏が言いにくそうに口篭る。視線の先を追うと、緊縛の赤い跡を隠すように、左右の手首を包帯が覆っていた。

「冬柏、これは」

「おっしゃらずとも大丈夫です。二殿下の名誉のためにも、この冬柏、なにも話しておりません」

手当てするときに、それとわかる生々しい痕跡が、嫌でも目に入ったに違いない。身体中についた痣や噛み跡を診れば、乱暴されたと勘違いするのも無理はない。もし紅琰が同意の上での行為だと告げたら、冬柏はきっと吐血するか卒倒する。

とりあえず黙っておこう。そう決めた紅琰に、冬柏は声を潜めて続けた。

「ただ、天后が太医を遣わされまして、おそらくは陛下の耳にも」

「……そうか」

因果はどうあれ、天帝の子息が傷を負って帰還したのだ。最高の医療を受けさせようとするのが親心というものだろう。だが、太医ほどの優れた医療者なら、経脈を診ただけで身体の中でなにが起きたか、すぐにわかってしまう。

「痣を消す薬湯を煎じて来ますね」

気まずい空気を掻き消すように、冬柏が立ち上がった。

「いや、よい。放っておけば消える」

包帯の上から、赤い跡をそっと撫でる。

なんとなく、雨黒燕の痕跡をまだ消したくないと思ってしまった。

実のところ、彼は紅琰のことをどこまで見抜いていたのだろう。

おそらく最初に出会った時点で、紅琰の修為は見抜いていたはずだ。なのに、そんなことはおくびにも出さず紅琰を傍に置いたのは、泳がせていたのか、それとも紅琰のことを信じて、自分から言い出すのを待っていたのか。

『あなたが好きだ』

あの夜の告白が切なく耳に蘇る。

途端に胸に痛みが走り、紅琰は前かがみに衿を掴んだ。

「二殿下、傷が痛むのですか？　どこです？」

心配して背中をさする冬柏に、黙って首を振る。

痛むのは、傷ではない。震える手で、衿許をぐしゃりと掴む。

雨黒燕を思い出すと、胸が苦しい。

まるで心の臓をわし掴みにされたようだ。締めつけられて、息ができない。

経験したことがない感情がせり上がってくるのを感じ、紅琰は動揺した。

「紅琰！　紅琰！」

けたたましい声が聞こえ、顔を上げる。

取次ぐ家僕（かぼく）を押し退け、ずかずかと寝所に入ってきたのは玉梅だった。

さりげなく袖の中に手を引っ込め、紅琰は苦笑いで彼を迎える。

「またひとり口うるさいのが来たな」

「だれが口うるさいって⁉」

意識が戻ったと知らせを受けて飛んできたのだろう。玉梅は衣の裾を持ち上げ、牀の縁に浅く腰を下ろした。冬柏の出した茶を一気に飲み干し、ようやく息をつく。

「やはりまだ顔色が悪いな。魔界で刺客に襲われたと聞いて心配したぞ。起き上がって大丈夫なのか？」

「ああ、平気だ。それより、刺客の話は誰から聞いた？」

「今朝の朝議で、太子殿下から陛下に上奏があった」

紅琰は思わず、重ねた枕から背を浮かせた。

寝ている間に、なぜか事の顚末が月季によって天帝に報告されていたらしい。

「兄上が？　いったいなんと？」

まさか、弟に刺客を放ったのは自分だなどと言うわけがない。

案の定、玉梅の口から出たのは驚くべき内容だった。

「百華王は魔界を遊歴中、魔王宮の者に捕らえれて幽閉され、魔族の刺客に襲われて怪我を負った、と。……天帝の怒りは怒髪天を衝く勢いで、当分の間、紅琰に禁足を命じた」

「よくもそんな出鱈目を」

傍に控える冬柏が呆れた顔で嘆息する。

どうやら、自分が放った刺客を魔族の仕業ということにして、罪を擦りつけたようだ。

つまり、魔界側はいま、天族が魔王宮内に密偵として入り込んだと考えている。だが、天界では、魔王の王宮で第二王子が魔族の刺客に襲われたという話になっているということだ。

事実を知らない玉梅が、きょとんとした顔で紅琰を見た。

「どういうことだ、紅琰。太子殿下の上奏は事実ではないのか？　天界の戦神や将軍兵士はもはや戦を辞さない勢いだぞ」

「二殿下、魔界にその気はなくとも、こちらから攻め込めば反撃は必至でしょう。上神の中にはこれを魔界を掌握するいい機会だと捉えている者もいるはず」

「……ふたりとも、少し考えさせてくれ」

少し調べれば真実などわかろうものを、なぜそのように荒唐無稽な話になったのだろう。

刺客を放ったのは、自分と雨黒燕を引き裂くためと考えていたが、それにしてはことが大きくなりすぎている。

──まさか、騒動を大きくすることが狙いだったのか?

月季は戦神だ。太子に封じられると同時に全天軍を指揮する権限を与えられている。

しかし、いまだ目立った戦績は上げていない。それだけ天界の平穏が保たれていたということでもあるが、彼自身は歯痒い思いでいるのだろう。

魔界には紅琰自ら忍び込んだ。魔王宮に連行されたままでは致し方ないことと納得もできよう。だが、そこで魔族に襲われたとあれば話は違ってくる。まがりなりにも紅琰は天帝の第二皇子であり、天界が魔界に攻め込む大義名分を与えることになるからだ。

「……太子としての地位を固めるために、手柄が欲しいのか」

なるほどと、紅琰の口端がわずかに上がる。

この機を捕え、開戦する理由をでっちあげたのだ。月季がどう甘言(かんげん)を弄(ろう)し、天帝をその気にさせたのかは想像がつく。天界側としても、目障(めざわ)りな魔界を掌握し、先々の憂いを取り除くいい機会なのだろう。

兵力差で見れば、魔界よりも天界の方が優位には違いない。だが、戦神としての功績のためだけに、三界を乱れさせるわけにはいかない。

「手を貸せ、参内する」

「そのお身体で、無茶ですよ！」

冬柏の制止を振り切り、紅琰は立ち上がった。

臥せっている場合ではない。

自分を襲った刺客は兄が差し向けた天族であり、むしろ自分を守ったのは魔族である雨黒燕のほうだ。しかし証拠がない以上、いくら糾弾しても、まともに取り合ってもらえる可能性は低い。

兄が天軍を動かす前に手を打たねば、取り返しのつかないことになる。まずは濡れ衣を晴らし、なんとかして戦を止める手立てを考えねばならない。

――天宮。

それは天帝の住まう雲の上の宮殿であり、同時に神々の執政と外交の場でもある。

宮殿の天井はどこまでも高く、透き通るような白玉を彫刻した柱や壁もすべて白で統一され、その輝きは神々しいばかりだ。屋根の隅棟の先端には装飾の神獣像が並び、庭園の池には無数の蓮の花が浮かぶ。風雨や四季を司る神々の手によって気候は管理され、季節ごとに水廻廊や東屋から望む景色の美しさは、とても言葉では言い表せない。

そして紫微宮を始めとする絢爛豪華な殿閣の中でも、もっとも広く立派な正殿の玉座に御座するのが天皇大帝――天上の最高神にして、この世界のあらゆる罪を裁く権利を有する唯一の存在、天帝であった。

「陛下にお目通りを！」

近衛兵の制止を振り切り、正殿に入るや否や紅琰は玉座の前で跪いた。

朝議後だというのに、太子だけがまだ退廷していない。紅琰の登場によって会話を遮られた天帝が、眉を顰めて叱りつける。

「無礼であるぞ。そなたには禁足を命じたはず」

天帝は人の前に姿を現すことはないが、苦み走った顔に長い髭を蓄え、黄金色の龍袍を纏った壮年男性の姿をしている。万物を支配する者に相応しく、堂々たる体躯と威厳を備えている。

「お怒りは承知の上で、申し上げたいことがあり、参内いたしました」

「太子と話しているのがわからぬか」

隣に立つ月季が、切れ長の目をわずかに動かして紅琰を見る。

久しぶりに相まみえた兄の姿は、以前とまったく変わらない。紅琰ほどの派手さはないが、すらりとした長身痩躯に高貴な紫の袍を纏い、豊かな黒髪を繊細な金細工の束髪冠で一括りに纏めた姿からは、太子らしい落ち着きが感じられる。

あちこちで浮名を流す勝手気ままな弟と、天帝を傍で支え政務に励む真面目な兄。

天界におけるふたりの評判は大方そんなところだ。

紅琰にその気はないが、たとえ弟に刺客を放つ残虐な裏の顔を告発したとしても、信じる者がいるかどうか。

「申し上げたいこととは、その件についてです。どうか、私の口から釈明させてください」

月季に対する感情はさて置き、紅琰はひたすら頭を低くして釈明の機会を請う。

「ならぬ。処分は追って沙汰する。帰るがよい」

「陛下……っ！」

そこへ後を追ってきた玉梅と冬柏が遅れて駆けつけた。状況を一目で把握し、彼らは援護するために紅琰の背後で膝を突く。

「陛下、お怒りを鎮めてください」

三人を見かねた体で、月季が横からとりなした。

「陛下、私の話は後で結構です。二弟もまだ全快とは言えませんし、大将軍の子弟まで跪かせておくわけには」

「そなたは弟思いのできた兄であるな。恩義を忘れぬとは義理堅い」

しらじらしい微笑を浮かべていた月季の眉が、一瞬だけ跳ね上がる。

「……。恐れ入ります」

だが天帝は気づかないまま、一息ついて鷹揚に片手を挙げた。やや緩んだ顔の前で、天冠の玉飾がちらちら揺れる。

「立つがよい。そこまで言うなら、話してみよ」

「感謝いたします」

紅琰は立ち上がり、玉座に座る天帝を見上げた。

「此度の魔界での不始末については、既にお聞き及びかと存じます。ですが一連の出来事はすべて私の、悪ふざけの延長上に起きたこと。魔王宮に滞在したのも監禁されたわけではなく、太傅の招きに応じた結果です。どうか私に罰をお与えください」

「ほう。そなた、魔界に忍び込んだだけでなく、天族の高位の身にありながら、魔王に仕えていたと」

「その通りです」

「恥を知れ！」

天帝の顔がみるみるうちに鬼の形相へと変わる。

「申し開きの余地はございません。すべてはこの紅琰の不見識が招いたことにございます。どうか罰は私だけにお与えください」

「愚か者！」

怒髪天を衝く怒りの声が響き渡り、紅琰は再び床に跪いて頭を垂れた。

過去にも様々な騒ぎを起こしては召し出された身だ。弁が立つ紅琰は、そのたびに持ち前の巧みな弁舌で言い逃れてきた。しかし、今回はかなり厳しい。

「魔族が天帝の皇子たるそなたを害したとあれば、それは天に背いたも同然」

「…………っ」

俯いたまま、拱手した紅琰の両の腕が小刻みに震える。

害したわけではない。

自ら受け入れたのだ。雨黒燕のすべてを。

「……非はすべて私にございます。魔族が私を害した事実はございません」

「では、その傷をなんと説明する？　西斗星君の弟子ともあろう者が、三日三晩も昏睡するほどの手負いで天界に戻ったのだ。そう言い張るならば確たる証拠を示すがよい」

紅琰は奥歯を噛み締め、必死に反論を飲み込んだ。

証拠など残されているはずがない。内傷はまだしも、肩に傷を負わせたのは月季の手の者だ。ましてや、魔王太子を庇って受傷したなどと言えば禁足どころでは済まないだろう。

天帝が、聞き分けのない子供に言い聞かせるように言葉を継ぐ。

「天の道に外れた者、不徳な行為を行う者に、天罰を与えるのが天帝の務めである」

噛み締めた奥歯がギリリと音を立てた。

視界の隅で、冬柏が小さく首を振るのがわかった。耐えるよう、強く目で窘められる。

静かに息を吸い、紅琰は顔を上げた。

「……不徳な行為とはなんですか」

怒りに青ざめる父帝の目を、まっすぐに見つめる。

魔族の男と交わったのが邪淫の罪という理屈なら、自分はたしかに罪人だろう。

しかし、魔族を天の道に外れた者と断罪する根拠はどこにあるのか。有無を言わさぬその理屈こそ、天の傲慢ではないのか。

「魔界へ行ったのは事実。ですが天に誓って、恥じるような真似は致しておりません」

「そなた、よくも……っ」

この場で口にするのは相応しくないと思いとどまったのだろう。天帝は紅琰を指さしたまま、わなわなと髭を震わせて口を噤んだ。自分の息子が次期魔王と通じたなどと、天帝にとっては口にするのも汚らわしく、天族の体面にもかかわる問題だからだろう。

だが、隠す気はない。紅琰は、きっぱりと言い放った。

「すべて私の意志あってのこと、強要されたわけではございません。どうか、魔界への侵攻はお考え直しください」

「黙れ！　不届き者が」

とうとう激高し、天帝は卓子を叩いて立ち上がった。

「侵攻ではない。これは正当な制裁である！」

「陛下、お怒りを鎮めてください」

月季が形だけとりなしたが、それで収まるわけもない。

天帝は肩で大きく息をつき、激しい口調で言い渡した。

「父に向かってそのような口をきくとは、これまでそなたを甘やかしすぎたな。いいだろう。そなたに罰を与える」

「陛下！　ご再考ください！」

冬柏の悲鳴じみた声を遮り、容赦なく告げる。

「魔界での汚らわしい記憶はすべて消し去り、三カ月の禁足を言い渡す。侍衛と玉梅には杖刑三十回の上、緘口術をかけよ。だれか！　第二皇子を引き摺り出し、薬刑に処せ！」

天帝付きの近衛兵たちが駆け寄ってくるのが見え、紅琰はその場に伏した。額を床に擦りつける。

緘口術とは、特定の事柄について話そうとすると声が出せなくなる方術だ。もちろん、文字で書くことも頷くことも同様にできなくなるが、それ以外の害はない。

だが、杖刑は鞭で打たれるぶんだけ、身体に傷と痛みを伴う。

「冬柏と玉梅は関係ありません！　父上、罰はどうか私だけに……っ」

「二殿下、どうか」

退出を促し、肩に触れた侍従の手を、紅琰が強く振り払った。

「父上！　お考え直しください！　ふたりを釈放してください！」

玉梅や冬柏に緘口術をかけるのは、記憶が戻るきっかけを与えないためだろう。しかし、紅琰に巻き込まれただけのふたりには杖刑だけでも重すぎる。

「今後、この件一切について話すことを禁じる。よいな」

「承知いたしました」

答える月季の瞳には、ぞっとするほどの冷ややかな色が浮かんでいた。

紅琰自身が、禁足を命じられたのは致し方ない。だが、記憶の強制消去はあまりにも乱暴だ。

このまま記憶を失ってしまったら、真実が闇の中に葬られる。ありもしない罪への制裁で、戦争が起きてしまう。いったい、どれだけの民が傷つくことになるか。そして、雨黒燕も……。

「二殿下‼」

「紅琰！」

近衛兵に引っ立てられ、玉梅と冬柏が正殿の外に連行されていく。紅琰は激しく抗い、声を枯らして玉座に叫んだ。

「父上！　私の話をお聞きください！　魔界へ攻め入ってはなりません。すべての責は私に……！」

「殿下、私どももこれが務めですので」

ふたりがかりで抱え上げられ、引き摺るようにして御前から連行される。

連れて行かれた先は天牢の中にある石造りの部屋だった。いわゆる尋問や拷問、あるいは笞刑(ちけい)などの軽い刑罰を与えるときに使われる部屋だ。中央には粗末な机卓と椅子があり、壁際には罪人の顔を漬ける水瓶や肉を削ぐための大小の刀、鎖や手枷、磔台などものものしい器具が並んでいる。

「離せ！」

衛兵の腕を振りほどき、紅琰は逆毛を立てて身構えた。だが、この部屋には方術を制限する結界が張られており、刑罰措置を受けるまで出ることは不可能だ。

やがて刑執行役が翡翠色の杯を盆に載せ、恭しく運んできた。中身は説明されるまでもない。情を持った相手との記憶をすべて消し去ることができる忘情水(ぼうじょうすい)だ。

「二殿下、こちらを」

「断る」

「二殿下、我らも乱暴なことはしたくありません。どうか」

「断る！」

机の上に置かれた杯を力任せに払い退ける。吹っ飛んだ杯は壁に当たって砕け散った。

こんな形で雨黒燕の記憶を失いたくない。いっそ投獄された方がましだ。

「騒がしいぞ、二弟」

その声に、紅琰はハッと顔を上げた。

新たな盆を捧げ持つ従者を連れ、入ってきたのは月季だった。

「なぜ……兄上が」

従者が机卓に盆を置く。先程と同じ翡翠色の杯に忘情水が満たされていた。

「処罰を与えるのが兄では不服か？」

「……っ」

「腐ってもそなたは上帝陛下の子弟。刑吏とて気が引けよう。……みな、下がれ」

月季が人払いを命じ、室内にはふたりだけが残された。

忘情水を満たした杯を手に、月季は酷薄な笑みを浮かべて近づいてくる。紅琰は隙を窺いながら後退ったが、すぐに壁際に追い詰められた。

月季は細身ながら体幹が強く、紅琰との身長差もそれほどない。にもかかわらず、威圧感を感じるのは、さすが戦神と言うべきか。

「ぐっ……」

乱暴に顎を掴まれ、後頭部を壁に押しつけられる。

「本来なら杖刑五十回でも済まぬところを、怪我に免じてこの程度の罰で赦してくださった父上の温情がわからぬか？」

鈍い痛みに呻きが漏れる。

唇に杯を押しつけられ、紅琰は歯を食い縛った。首を捻じ曲げ、どうにか顔を背けようとする。業を煮やした月季が、嫌がる紅琰の口に自分の指を突っ込んだ。力づくでこじ開けられる。

「っ、兄上……っ」

「噛めるものなら噛んでみよ。そなたにはできぬであろう、この兄の指に歯を立てるなど」

ぎらつく月季の瞳の奥に、どろりとした感情が垣間見える。

憎しみとも欲望ともつかないそれが自分に初めて向けられた日はいつだったか。

しかし、心の持ちようがどうあれ、月季は紅琰にとって敬うべき兄だ。その身体に傷をつけることはできない。

噛むことも舌で押し戻すこともできず、口の周りを濡らしながら紅琰は唸った。肩で息をしながら、潤んだ目で兄を睨みつける。

「その目はなんだ？　兄に歯向かったことのないそなたがなぜ抗う。野蛮な魔族の男がそれほど気に入ったのか？」

紅琰の目が零れそうなほど見開かれた。

息がかかりそうな距離で、月季が冷ややかに目を細める。

「この兄が知らぬとでも思ったか？　魔王太子を手玉に取って、ずいぶんと楽しんでいたそうではないか。そなたの手練手管で、まさか男までもを骨抜きにするとはな。安心するがいい、このような醜聞までは父上の耳に入れておらぬ。そなたは力づくで犯されたのだ、野蛮な魔族の男にな」

「…………っ」

違う。断じてそのようなことはない。

紅琰は眉間にきつく皺を寄せ、喉の奥で唸りを上げた。身を捩り、気海丹田に力を籠める。自分のことはどう言われても構わない。だが雨黒燕まで貶められるいわれはない。

「そんなに怒ると、美しい顔が台無しではないか」

ずるりと指を引き抜かれ、紅琰は咽せ込んだ。床に這いつくばり、涙で霞む目を上げる。怒りに震えが止まらない。だが、ここで我を失ったら相手の思うつぼだ。

「兄上……どうか魔界への侵攻はおやめください」

「この期に及んでいい度胸だな。魔族を庇うなど天族の風上にも置けぬ」

「刺客の正体についても追及しないと誓います。どうか魔族を……無辜の民を、傷つけないでください」

魔界には雨黒燕だけでなく、彼の大事な民がいる。戦となれば生活への影響は免れない。

「ほぅ。移り気なそなたが、兄に頭まで下げるのか。あの男のために」

「あうっ」

髪を掴まれ、顔を上げさせられる。

兄の言うとおりだ。

軽薄な浮気者で知られた百華王が、身体を張って雨黒燕を守ろうとしている。傍目には、さぞ滑稽に映るだろう。

だが、紅琰にとって雨黒燕と過ごした日々は、他のなにものにも代えがたい。思い出すだけで、心が柔らかく温かいもので満たされる。自分の元神など、対価にも値しないほどの宝物だ。

二度と会えないのなら、せめて失いたくない。甘やかで、けれど思い返すと心の臓がギュッと掴まれるような、この痛みを取り上げないでほしい。

「……っ」

目尻から透明な雫が零れ落ちる。

紅琰の涙を見た月季が、表情を歪ませた。

「父上のおっしゃった通りだな。目の届かぬところで自由にさせるとろくなことにならぬ」

「あにうえっ」

「飲め。守りたいのだろう。飲めば、あのふたりの減刑を考えてやらぬこともない」

「……ぐっ」

後頭部をわし掴み、無理やり仰のかされた。杯の縁を唇に押しつけられ、口の中に流し込まれる。零しながらも飲み下したのを確認すると、月季はようやく手を離した。

「戦が終わるまで、精華宮から一歩たりとも出てはならぬ。これは帝命であるぞ」

「げほっ、げほっ」

激しく咳き込みながら、紅琰は床に伏した。指を喉に入れ、吐こうと試みるも身体に力が入らない。急激に身体が痺れ、意識が朦朧とし始める。

「兄上……約束を……」

次に目が覚めたとき、魔界での記憶は消えているだろう。薄れゆく意識と闘いながら、紅琰は必死に顔を上げた。

「考えてやるとは言ったが、約束した覚えはない。そなたもどうせ忘れるのだ」

月季が冷たい目で見下ろしている。紅琰の傍らに片膝を突き、唾液に濡れた指に口接けた。薄い舌で愛おし気に舐め上げる。

「眠るがいい、二弟。兄以外の男のことなど忘れてしまえ」

「あに、うえ……」

暗闇が光を浸食していく。伸ばそうとした手が力なく床に落ちる。

視界が暗転し、紅琰は意識を失った。

長い夜が明けようとしている。

天族が消えた空を見上げ、雨黒燕は黙ったまま、中庭に長く立ち尽くしていた。

駆け寄ってきた衛兵長が、雨黒燕の前で片膝を突く。

「王太子殿下、迎賓楼を隅々まで調べましたが、証拠となるものはございませんでした」

「……そうか」

間諜(かんちょう)である証拠など、あるはずもない。もとより、彼は間諜などではない。

薄々、魔族ではないかもしれないと疑っていたが、まさか天帝に連なる者だったとは。

(百華王……聞きしに勝るあの奔放ぶり……)

魔界を出たことのない自分ですら知っている。天界の牡丹、天界一の色男、あるいは天界の色狼。百華王に関する噂はどれも天族とは思えないものばかりだ。

そんな彼がふらりと魔界に入り込み、堂々と本名を名乗った上で、魔王太子の閨房指南役を務め上げた。なんと度胸の据わった男であることか。

手の中で金赤に輝く牡丹を見て、衛兵長が眉を顰めた。

「殿下、そのようなもの、捨ててしまっては」

「……いや」

複雑な思いはある。裏切られたのかもしれないとも思う。

指南役として自分を導いた紅琰からは、たしかに放逸な面も垣間見えた。しかし同時に、彼は多芸多才で柔軟な考えを持ち、宮殿の外に連れ出してくれたときには、豪放磊落な大人の一面を見た。それだけではない。

雨黒燕という渾名をくれ、寝所では先走る己の欲を受け止めてくれもした。明確な答えは最後までくれなかったが、自分のことをなんとも思っていない男が、そこまでするだろうか。身を挺してまで刺客から自分を庇ったことが、なによりの証ではないのか。

(……刺客……)

そういえば、あの刺客たちも天族だった。だが紅琰を連れ帰った者たちとは勢力が違う。魔王太子である自分ではなく、明らかに紅琰を標的にしていたことからも、なにか裏がありそうな気がしてならない。天族が天族を、それも皇子を襲うなど、許されざる行為だ。

(紅琰の身に、なにもなければいいが……)

「報告——!」

小走りで使いがやってきて、衛兵長になにごとか耳打ちした。

「殿下、王宮にお戻りください。陛下がお呼びです」

夜とはいえ、これだけの騒ぎになれば、すでに父王の耳に入っていて当然だろう。

紅牡丹を大切に胸に仕舞い、雨黒燕は顔を上げた。

「父王に報告する。戻って支度を」

参内した雨黒燕を待っていたのは、意外にも父王だけではなかった。

「父王、昨夜の件についてご報告を」

王座の前で跪いた雨黒燕が許しを得て立ち上がる。隣には、すでに長く跪いていると思われる太傅の姿があった。

「聞こう」

「その前に、父王……」

雨黒燕は視線をすぐ横の太傅に流した。彼はもうかなりの年齢だ。長く跪かせるのは酷というものだろう。だが魔王は横を向いたまま、冷ややかだ。

「なにかおかしいことでもあるか？　天界が送り込んできた間諜を、我が宮殿に招き入れたのは太傅であろう」

魔王の言葉を受け、太傅が大仰に叩頭(こうとう)する。

「万死に値します。どうか、この罪人に死をもって償わせてください」

そうはいっても、重用(ちょうよう)する太傅に死を賜(たまわ)るわけはないだろう。雨黒燕は溜息をつき、父を見上げた。

「父王、間諜と決めつけるのはまだ早いかと」

「ほう?」

魔王が眉を寄せ、ようやく雨黒燕をまともに見る。

「迎賓楼を調べさせましたが、間諜と断言できるだけの証拠は見つかりませんでした。刺客は天族でしたし、なにより標的が私ではなく、紅…天帝の第二皇子だったことからも、なにか裏の事情があるやもと」

「ふん……間諜でないのなら、天族の茶番かもしれぬぞ」

天界は魔族を亡ぼす機会を窺っている。彼らに攻め入る口実を与えないため、魔族は永らく人界にさえ手出しせず、水面下で力を蓄えてきた。

だがいま、天帝の第二皇子が魔界の、それも魔王宮内で害されたとあれば——。

「父王は、あれを…天界が魔界に冤罪を着せ、制裁を科すための自演だとお思いですか?」

「天族の汚さは古(いにしえ)より身に染みておる。この機を捉え、こちらから天界に武力で打って出るのも悪くない。どちらが正か邪か、今こそ認めさせてやるのだ」

真実はともかく、天界に赴けば紅琰に会える。漠然とそう考えた雨黒燕の頭に、ふと紅琰の言葉が蘇る。

『殿下がすべきことは、王と認められるべく身を修め、宮廷を安定させ、不幸な民を生み出さないように魔界を治めることです』

雨黒燕は顔を上げた。

「お待ちください」

「ご再考ください」

雨黒燕の声に太傅の奏上が重なる。魔王が目を眇め、雨黒燕に発言を許した。

「天帝の第二皇子は私を庇い、深手を負いました。襲撃が天族の自演だとしても、彼はただ利用されただけに過ぎないかと。天界を攻めるにしても、入念な準備が必要です」

「……。太傅の意見を申してみよ」

恐れながら、と太傅がひれ伏したまま口を添える。

「私も王太子殿下と同意見でございます。まずは真実を解明し、朝議にかけるべきかと」

「申し合わせたようではないか」

好戦的な魔王は面白くなさそうに眉を寄せる。民のことを考えていないわけではないが、古に天界を追われることになった始祖の恨みを晴らしたい思いが強いようだ。

魔界と同じように、天界にも、戦を仕掛けたくて仕方ない者たちがいるのかもしれない。ただ、打って出るにしても備える時間はかなり必要だ。その間に、どうしても済ませておかなければならないことがある。

魔王が太傅を下がらせた後で、雨黒燕は再び跪いた。

「父王、私からひとつ、お願いがございます」

「申してみよ」

雨黒燕は顔を上げ、父の目をじっと見つめた。

「想いを寄せる相手がおります」

「改まってなにかと思えばそんなことか。側妃として迎え入れればよかろう」

「いいえ！　後宮にたくさんの花はいりません。いま進んでいる妃嬪選びはすべて白紙に戻したいのです」

「寝ぼけたことを！」

叱りつけられ、雨黒燕はひれ伏した。

魔王の世子が、愛にのみ生きることは許されない。しかし、ここで引き下がるわけにはいかなかった。

「父王もおわかりのはず。愛するただひとりと添い遂げたいだけです。どうかお許しを」

だれにどれだけ反対されても、自分の想いは変わらない。だれが言い出したかわからない百華王の風説より、自分が見てきた彼の姿を信じている。

「そなたがそこまで執着するとは。……どこのどんな相手だ」

魔王の声が怒りに震えている。魔界と天界の関係がどうなるかもわからないいま、彼の名を告げればどうなるか。雨黒燕は唇を引き結んだ。

「まだ言えません。迎えに行くのは、己が成すべきことを成してからと決めています」

紅琰は、自分が惚れるに値する男だった。ならば自分も、紅琰に相応しい男でありたい。再会したとき、自分が恥ずかしくないように。

魔王が荒々しく立ち上がり、ばさりと黒衣の袖を振りぬいた。

「それほどの相手か。いいだろう。ならば、想いを貫く覚悟を示すがよい」

いま、自分がすべきことは、ただひとつだ。王太子としての誇りも、民の支持も、自力で手に入れなければ、一人前と認められない。

雨黒燕は再び床にひれ伏した。

「父王、試練をお与えください」

まずは、父王が驪龍の逆鱗に封印した修為を、本来の魔力を、取り戻す。

「天界に打って出るにせよ、そなたの魔力は強力な武器になる。我が息子よ、剣を持て」

稲妻が鈍色の空を引き裂く。

重い落雷の音が、宮殿をビリビリと震わせた。

激しい雷雨の中、黒い鱗を纏った龍が咆哮する。魔王の騎獣である驪龍だ。枝分かれした白藍の角を頭部に頂き、逆鱗の下には世子の半身を封印されている。

龍の雷撃をまともにくらい、雨黒燕はごふりと血を吐いた。

背中を下に、黒く厚い雲を突き抜け、落下していく。間一髪、荒涼とした大地に叩きつけられる前に、翼の生えた黒虎（ヘイフー）が宙を駆け、雨黒燕の身体を受け止めた。

戦いが始まってすでに数日、いや半月か、それ以上かもわからない。息をするたびに痛みが走り、臓腑にもかなりのダメージを負っているのがわかる。王太子の騎獣である黒虎が唸りながら傍に寄り添い、踊るように空を泳ぐ驪龍を睨みつけた。

（クソ……ッ）

不眠不休の闘いで魔力をかなり消耗し、疲労で目が霞む。

大人になるための試練と言えば聞こえはいいが、実際は獅子の子落としに等しい。驪龍の逆鱗に封印されている本来の魔力と修為を取り戻すのは過酷を極める。

雨黒燕は額に流れる血をぐいと拭い、諦めるものかと天を仰いだ。

――紅琰、待っていてくれ。

会いたい。今度こそ目を合わせて、あの後に続くはずだった言葉を聞かせてほしい。

想いが同じなら、もう二度と離しはしない。

黒虎に飛び乗り、再び空を駆け上がる。驪龍が真っ赤な口を開け、恐ろしい勢いで向かってきた。轟く稲妻が空を裂き、二者を襲う。

「哈（ハッ）！」

すれ違う一瞬の隙をついて龍の角を剣で薙ぎ払い、固い鱗に覆われた背に飛び乗った。

激しく身をくねらせ、振り落とそうとする龍の背に剣を突き立て、頭部までよじ登る。角の間めがけて剣を突き刺すと、鼓膜を裂くほどの咆哮が響き渡った。

「――ッ！」

龍が暴れ、黒光りする鱗が四方に飛び散る。やがて頭部を貫かれた驪龍の身体が急降下を始めた。その勢いのまま、驪龍は霊山の頂の岩に縫い留められ、完全に動きを止める。

剣を引き抜き、雨黒燕はよろめく足取りで地面に降り立った。

「は……」

降り続いた雨が止み、雲の切れ間から光が差し込んでくる。刀身についた血を振り落とすと、雨黒燕は驪龍の喉許にある逆さに生えた鱗を外した。魔力を使い、中から夜明珠(イエミンジュ)のような光を放つ七色の玉を取り出す。

――やっと、取り戻せる。

雨黒燕は一尺ほどの大きさの珠を両手に捧げ持ち、光にかざした。

刹那、ふわりと珠の輪郭がほどけ、辺りに眩しい光を放ちながら雨黒燕の額に吸い込まれた。雨黒燕の身体全体が光に包まれ、そしてゆっくりと収束する。

ずいぶんと身長が伸び、体格もつい先程までとは比べるべくもない。腰の位置も高くなり、泥や血で汚れた顔は精悍さを増していた。額に戴く龍角も枝分かれし、人目で魔王の血を受け継ぐ者であるとわかる。

もはや少年とは呼べない、本来の自分を取り戻した雨黒燕がそこにいた。

（哼っ。着替えないと、様にならないな……）

長く伸びた指を折り曲げ、掌を開閉して、自身の感覚を確かめる。

すると突然、なにもない空間から、時空を裂いて魔王が姿を現した。

「父王に拝謁いたします」

「我が息子ながらよくやった」

そう言いながら驪龍の頭に触れ、魔力を与えて傷を癒していく。数秒もしないうちに龍はゆっくりと目を開けた。

「さて、想い人の名を言う気になったか？」

雨黒燕の唇が薄く開く。

その二文字を聞いた瞬間、魔王の顔は怒りに歪んだ。剣を抜き、息子の首に突きつける。

「親不孝者め。天族の男に誑かされて、立場も誇りも忘れ去ったか」

もとより賛成されるとは思っていない。相手は天族、それも自分たち魔族の始祖を天界から追放した天帝の末裔だ。

「紅琰を愛したことが、魔族としての誇りを捨てることにはなりません。父上と剣を交えてでも想いを貫く覚悟はありますが、諍いは望んでいません。どうか、お許しを」

血に汚れた腕を持ち上げ、深々と拝礼する。

本来の魔力を取り戻したいま、父と闘うこともできる。だが、いまは諍うよりも紅琰に会いに行くことの方が先決だ。

「屁理屈ばかり並べおって……。呆れた奴だ」

魔王は深く溜息をつき、剣を納めた。驪龍の頭を軽く叩いて慰撫する。驪龍は心地よさそうに目を細め、見る間に子蛇ほどの大きさになり、魔王の袖の中に這い込んだ。

「まぁよい。そなたの気性は知っている。やってみるがいい。天界を攻めるのは、その後でも遅くはない」

息子の性分を熟知している、父らしい言葉だ。本当なら、紅琰の名を出した瞬間に、この場で切り捨てられていてもおかしくはなかった。

「ありがとうございます、父王」

現れたときと同じように、電光石火のごとく魔王の姿は宙に消えた。

同時に、雨黒燕の身体がぐらりと傾いだ。傍らにいた黒虎が、支えるように身を寄せる。

本来の修為を取り戻したはいいが、かなりの力を消耗し、立っているのさえきつい。剣先を地に突き刺し、痛みと出血で倒れそうになるのを気力で耐える。

「紅琰……やっと、会いに行ける」

血に濡れた手で、そっと左胸を押さえた。

牡丹の蕾は咲かないまま、いまも大切にこの胸の内にある。

◇　◇　◇

紅琰に禁足令が科されてから、数日が過ぎた。

目が覚めたとき、傍にいた太医の説明によれば、人界を遊歴中に事故が起き、天界に連れ戻された、ということらしい。

記憶どころか、元神まで欠けてしまうほどの事故に遭いながら、たいした怪我も負わなかったことは幸いだった。

冬柏を連れて行かなかったため、詳しい事情はわからない。ただ、普段から放蕩が過ぎることもあり、天帝からは禁足を言い渡されたようだ。

（暇だ……）

天界での一日は人界の一年に相当するという。外出を好む紅琰にとって、精華宮に軟禁されて過ごす一日は、千秋どころか万年にも感じられる。

怪我も治り、毎日、暇で暇で仕方がない。だが、少なくとも天宮で兄と顔を合わせずに済むし、近頃の天界に流れる不穏な空気も肌に合わない。そういうわけで、しばらくの間、紅琰はおとなしく神の本分を全うすることにしたのだった。

「栄華秀英、我が命に応じよ」

精華宮の花園――通称、百華王の庭で紅琰が印を結ぶ。黄金の如雨露から降り注ぐ水滴を受け、愛の花々が生き生きと顔をもたげ始めた。

子孫繁栄を司る紅琰の手は、園芸作物をも豊かに実らせ、枯れかけた花樹さえ回春させる。

しかし、この花園だけは別だ。

どれほど手をかけても枯れる花もあれば、放っておいても勝手に育っていく花もある。美しく大輪の花を咲かせても、結実するとは限らない。順調に育っていた花が一夜にして枯れることもある。

「つくづく愛とは不公平なものだな……」

呑気に呟いたそのとき、背後の植え込みがガサリと動いた。

「冬柏か？　この通り、さぼらず真面目に働いているぞ」

長い髪と鮮やかな紅の上衣を翻し、振り返る。

だが低木の前に立っていたのは、冬柏でも衛兵でもなかった。さらに言えば精華宮の者でさえない、重厚な黒繻子の衣を纏った見知らぬ男だ。天界の花園におよそ似つかわしくない、強力な気を放っている。

（魔族……？）

紅琰は咄嗟に身構えた。

正道とされる仙力ではない、魔力を使う者特有の気だ。だれにも知られず境結界を突破できるほど高い修為を持つ相手ともなれば警戒するに越したことはない。

だが、男は紅琰の姿を見るなり精悍な顔をほころばせ、仔犬のように駆け寄ってきた。如雨露を持った紅琰の両手を取り、懐かしそうにぎゅっと握る。

「ああ、紅琰先生、やっと見つけた……！　天界は広すぎる。傷はもう、治ったようだな」

魔族の男は紅琰よりも背が高く、体格も一回り大きい。やや下がり気味の目尻は甘く、明眸皓歯（めいぼうこうし）という形容がぴったりだ。身に着けている装飾品は精巧で美しく、身なりからもそれなりの身分だということがわかる。だが鍛えられた体躯が纏う雄の色香は、迫るほどに紅琰を圧倒し、思わず二歩下がった。

「なんのことだ。どうして魔族が天界にいる」

手を振りほどき、眉をひそめて男を凝視する。

ずいぶんと馴れ馴れしい。

（しかも、なぜ傷のことを……？）

天界で目が覚めたとき、紅琰は身体の内外に傷を負っていた。幸いすぐに治せたものの、その事実を知る者は天界に数人しかいない。いったい、この男は何者だろう。

「結界を抜けて忍び込んだ。もう、俺にはそれだけの魔力がある」

男は悪びれずに言い、「ほら」と黒い魔力を掌に立ち昇らせて見せる。天界に忍び込んだ挙句、魔力を見せびらかすなどいい度胸だ。

「無礼者。それ以上、近づくな」

「？　あ、そうか、忘れていた。かなり見た目が変わったからな。すぐに俺とわからないのも仕方ないか」

魔族の男は、まだこの話を続ける気らしい。紅琰の前で両腕を広げ、くるりとその場で回って見せる。

「この通り、大人になって本来の修為も魔力も取り戻した。角は目立つから、結界を超える前に術で隠したんだ。騒ぎになったら再会どころではないからな」

「………………」

なにひとつピンとこない。

ただ、大人になって修為も魔力も取り戻した、と彼は言った。

そんなことができるのは、魔王の嫡嗣しかいない。だが、それほど高位の魔族が、わざわざ危険を犯してまで天界に忍び込み、自分に会いに来る理由がわからない。

「そなた、魔王太子か？」

半信半疑ながらも訊ねると、魔族の青年は照れくさそうな笑みを浮かべた。

「他人行儀だな。以前のように呼んでくれ」

「？？？」

混乱する紅琰に、魔族の青年、いや王太子はぐいと顔を近づけた。

「あのときの言葉の続きを聞きにきた」

長身の自分が、近い距離で見下ろされることは滅多にない。強引さもさることながら、男ぶりの良さにどぎまぎする。

「あのとき、とは……」

「最後の夜だ。閨で共寝する前に、俺はあなたが好きだと告げた。あなたは俺のことをどう思っているのかと……でも、あなたは結局、その答えを言わないまま……」

「ちょっと待て」

急に話の雲行きが怪しくなり、紅琰は思わず片手を上げた。額に嫌な汗が浮かんでくる。いま、閨で共寝とか言われた気がするが、それはつまり、彼と自分が肉体関係を持ったという意味だろうか。

——身に覚えがない。

揶揄われているのかと、紅琰は男の顔を凝視した。

だが相手は至極真剣な表情で、悪い冗談を言っているようにも思えない。

人違いか、もしくは自分の名を騙った悪ふざけという線も考えたが、こうして自分と対峙しても顔と名前が一致している。

この青年の頭がおかしいわけでもないのなら、残る可能性はひとつ。

――私が忘れている？

紅琰は頭を抱えた。

色事に関しての記憶力は悪くない。過去に一度でも同衾した女なら、顔を見れば思い出せる。ただ万にひとつ、もしかしたら、酒にしこたま酔って無意識に手を出した……こともあったかもしれない。

しかし、いくら美形とはいえ、男を女と間違えるはずがない。自分がどれほど泥酔していたとしても、このように容貌魁偉（ようぼうかいい）な男を閨に連れ込むとは思えない。そんな稀有な体験をしたとしたら逆に記憶に残るはずだ。

――きっと、なにかの間違いだろう。

時間にしておよそ一秒、目まぐるしく考えた末に、紅琰はそう結論付けた。

ゴホンと咳払いして王太子に向き直る。

「私は」

「覚えていないなら、もう一度言う。俺は、あなたを愛している。あなたも、同じ想いを抱いてくれているのではないのか？」

手を掴まれ、縋るような表情が目前に迫る。

必死さと迫力に気を呑まれ、気づいたときには突き放していた。

「そなたを愛したことはない」

思わず放った一言に、王太子は目に見えて動揺した。まるで青天の霹靂と言わんばかりの表情だ。

「それは本心か？　本気で言っているのか、紅琰」

「本心だ」

王太子の喉仏が大きく上下する。彼は自分を落ち着かせるように深く息を吐くと、左の掌を差し出した。

「ならばなぜ、俺にこれを渡した？」

掌の上に、金赤色に輝く牡丹の蕾が浮かび上がる。

紅琰はあっと言葉を飲み込んだ。

欠けて失われたはずの、自分の元神の一部だったからだ。

「たしかに、その紅牡丹は私の元神の一部だが……なぜ、そなたの手に？」

「別れ際にあなたがくれただろう。……俺は、この牡丹が、あなたの答えだと信じて……」

唇を噛む王太子を前に、紅琰は自身の左胸に手を当てた。

大事な元神を、たとえ一部でも自らの意志なくして他者に譲渡することはできない。しかも彼の手にある紅牡丹は金赤に輝き、葉も蕾も美しく完全な形をしている。無理やり奪われたわけではなく、彼が言うように、紅琰自ら差し出したのでなければありえない。

だが、紅琰には取り出した記憶もなければ、なぜ彼に渡すことになったのかもわからなかった。混乱する紅琰を、王太子が祈るような眼差しで見つめている。

「……知らぬ」

王太子の瞳孔が大きく広がった。驚きと悲しみに揺れる黒い瞳を見て、紅琰の心もまたずきりと疼く。だがいくら考えても、知らないものは知らないとしか答えようがない。

「そう、か」

ややあって、王太子は震える声で呟いた。

「俺の……勘違い、だったか」

取り乱すかと思いきや、彼はおとなしく引き下がった。下を向き、静かに紅牡丹を掌に収める。感情を抑えた所作に、かえって罪悪感を掻き立てられた。

（本当に……私は知らないのか……？）

俯いた王太子の表情は見えないが、深く傷ついているのはわかる。傷つけたのが自分だと思うと、紅琰は居ても立っても居られない気持ちになった。

「王……」

思わず、声をかけようとしたときだった。

「二殿下——？　居られますか——」

異変を察知したのか、こちらに向かうだれかの声が聞こえてきた。

精華宮にはいま、お目付け役として天宮から数名の近衛兵が派遣されている。紅琰には以前にも、禁足中に天界を抜け出した前科があるからだ。おそらく、月季が天帝に進言したのだろう。

「こっちへ」

咄嗟に王太子の腕を掴み、近くの石楠花(しゃくなげ)の木の茂みに押し込んだ。「絶対に声を出すな」と囁いて背後に庇う。ほぼ同時に、白い甲冑(かっちゅう)を纏った衛兵が姿を現した。

「二殿下、いま話し声が聞こえたようですが」

「ひとりごとだ」

衛兵は疑わしそうな視線を紅琰に向け、ふと背後の茂みの揺れに目を留めた。

「そちらの花樹……」

「私が蓬莱(ほうらい)から天界に持ち込んで改良した、唯一無二の石楠花だ。甘い言葉を囁いてやると花の色が鮮やかになる。ああ、気難しい花だから、みだりに近づくと枯れてしまうぞ」

精華宮の庭園に、紅琰が改良した貴重な花樹が多数あることも周知の事実だ。

適当な嘘をもっともらしく並べ立てると、衛兵は訝(いぶか)しみながらも身を引いた。

「無礼はどうかお許しを。太子殿下からも固く命じられておりますゆえ」

「わかっている、ご苦労だった。ついでに冬柏を呼んできてくれ」

「はっ」

充分に遠ざけてから、そっと背後の茂みを窺う。

王太子の姿はすでに消えていた。早々に天界から立ち去ったのだろう。

あやうくとんでもない騒ぎになるところだった。ほっとした半面、寂しいような、もっと話したかったような、不思議な思いに駆られる。

ふと、視界の隅を黒いものが過ぎった。

振り仰いだ先、一羽の黒燕が目に留まる。天界にも、飛来する時期がやってきたらしい。

何気なく、果樹の枝に止まった鳥を眺める。濡れ羽色の外羽と白く張った胸、喉許に映える紅一点。

だれかに似ている——そう思った瞬間、どくんと動悸を感じた。

「う……っ」

急に激しい頭痛に襲われ、紅琰はその場に蹲った。

朧月夜。山積みの書画。无花果が潰れる音。香油の香り。唇の感触。血の匂い。

覚えのない記憶の断片が怒涛のように浮かんでは消える。

「……殿下！　二殿下！」

遠くから、冬柏の声がかすかに聞こえた。肩を支えられ、抱き起される。

「二殿下、どうされました？　だれか、侍医を！」

「………」

こんなふうに、冬柏に支えられながら、魔王太子と話したことがあったような気がする。

つい先程と同じように、縋るような眼差しをしていた。しかし姿形は違う。背もあんなに高くなくて、そう、大人になる一歩手前の少年のような——。

紅琰は震える睫毛を上げた。

「冬柏、……おまえは、知っているんじゃないのか」

「なにをです?」

震える指で、冬柏の腕を掴む。

「私は、人界を遊歴中に、どんな事故に遭ったのだ……?」

冬柏が急に口を噤んだ。ぎこちなく視線を逸らし、早口で答える。

「なんですか急に……。太医から説明があったでしょう。早く戻ってお休みください」

「冬柏っ」

目覚めたとき、傍にいた太医はすべてを「遊歴中の事故」のせいだと説明した。紅琰ほどの修為の持ち主なら、ほんの少し元神が欠けたくらいで神気に影響はない。気に病むことのほうがむしろ身体に毒だから、失くした記憶を無理に思い出そうとしないように、と。

「正直に言ってくれ。私はだれかに、自ら元神の一部を差し出したことがあるか……?」

「……っ」

冬柏が口を開きかけ、しかしすぐに顔を背けた。まるでなにかを隠しているような態度に、紅琰は不信感を募らせる。

遊歴中にだれに出会い、なにをしていたのか。なぜ侍衛を伴っていなかったのか。自分に怪我を負わせた相手は？

しつこく問い質(ただ)しても、冬柏は「お答えしかねます」の一点張りだ。

「……っ、もうよい！」

しびれを切らし、冬柏を突き放して立ち上がった。頭を整理するために、まずは気を鎮めたい。そういうとき、紅琰は天界で最も信頼の置ける相手に会いに行くのだ。

制止の声が響く前に、紅琰は大きく袖を一振りした。

「二殿下、なりません！　禁足中に……っ」

冬柏が悲痛な声を上げる。

時は遅し、すでに紅琰の姿はその場から消えていた。

「月老(ユェラオ)、邪魔するぞ」

性懲りもなく精華宮を抜け出した紅琰は、その足で月下老人(ユェシァラオレン)を訪ねていた。

「これは、二殿下。お久しぶりですね」

寺院を模した楼の奥で、糸車を回していた男神が顔を上げる。

月下老人は縁結びを司る紅喜神(ホンシーシェン)だ。人界で廟(びょう)に祀られている彼は、常に花婿が着る真っ赤な吉服(きっぷく)を纏い、白髪に長い白髭を蓄えた老人の姿をしている。

だが、天界にいる月下老人は不老だ。緑の黒髪に背筋はすっきりと伸び、端正な顔には皺ひとつない。実際、紅琰との年齢差はかなりあるものの、長身で麗しいその姿からは、とてもそうは見えなかった。

「殿下、なにかありましたか？」

「いや……少し、話をしたくてな」

勝手知ったる様子で月下老人の向かいに座り、置いてある茶器で茶を淹れる。

彼が父帝と母の婚姻を取り持った縁もあり、紅琰は子供のころから実の祖父のように慕ってきた。同じ天界にいながらも、天宮の諍いと隔絶した月下老人の居所は、まるで別世界のようで安心できる。いつも突然ふらりとやってくる紅琰を、彼もまた拒むことなく迎え入れ、話を聞いてくれるのだ。

深刻そうな様子から、月下老人はなにかを察したらしい。伴娘(バンニャン)の格好をした側仕えの無口な少女に、蜜棗(なつめ)を盛った皿を持ってこさせる。

「おや、殿下にも、ようやく赤い糸を結んでほしい相手が現れたのかと期待しましたが」

「ぶふっ」

派手に茶に咽せ、紅琰は慌てて口を拭った。

さすがは縁結びの神だ。思いもよらないところから探りを入れてくる。

少女がいなくなると、紅琰は気を取り直し、蜜棗を手に取った。緑の真珠と称される天界の蜜棗は、紅琰の好物のひとつだ。シャクシャクと咀嚼しながら、精華宮に忍び込んできた魔族の美青年のことを話し始める。

知らないはずの相手なのに、初めて会った気がしないこと。紅琰哥哥と呼ばれたこと。紅琰に贈られたという蕾の紅牡丹を持っていたこと。その紅牡丹は自分の元神の一部だが、どこで出会い、なにをしてそうなったのか、まったくわからないこと……。

かいつまんで話すうちに、だんだんと自分が情けなくなってくる。

「身に覚えがないなんて、無責任な男の言い訳みたいだな。自分でも、もどかしいのだ」

すげなく突き放した時の、彼の悲しげな顔が幾度となく思い出される。その表情を見たとき、自分もまたひどく苦しくなった。

彼のことを考えると、なにか大事なことを忘れているような焦りを感じる。

黙って聞いてくれる月下老人の前で、紅琰は疑問を吐き出した。

「この気持ちは何なんだろう。私はなぜ、紅牡丹を渡したのか……」

赤い糸をつむぐ手を止め、月下老人は微笑んだ。

「おめでとうございます。二殿下は、愛を知ったのですね」

紅琰は思わず翳りかけの蜜棗を取り落とした。頓狂（とんきょう）な声で聞き返す。

「愛だと？　そんなわけ……」

「二殿下は、紅牡丹を返せとは言わなかったのでしょう。そのかたに、持っていてほしかったのでは？」

　紅琰はぐっと喉を詰まらせた。

　愛は神をも成長させる。いつか、二殿下にも身を焦がすような恋愛をしてほしい、月下老人は常日頃からそう言っていた。

　しかし、裏切りのない愛が想像できなかった紅琰には、いまひとつ響いてこなかったのだ。百華王の庭に咲く花々も、それを証明しているような気がして……。

「……、わからない……」

　不思議なことに、いまも紅牡丹を取り返したいとは思わない。あの青年の宝物のように見えたから。

　しかし紅琰にとって、だれかを愛することは、生殺与奪の権を握られるも同然だ。そんな危険を犯してまで、あの魔族の青年を好いたのなら、なぜ覚えてすらいないのか。

「二殿下がようやく、死んでもいいと思える相手に出会えたのかと思いましたが」

「冗談だろう、相手は同じ男だぞ」

　月下老人がちらりと涼しい視線を紅琰に送る。それがどうしたと言わんばかりだ。

　たしかに、同性との色事や、天族と魔族の恋愛を、明確に禁じる掟はない。いわば天界における暗黙のルールであり、立場と身分さえ許せば、うまく言い逃れることもできただろう。だが、相手は魔族の王になる男だ。

「……その前に、天と魔だ。許されない」

紅琰は迷いを断ち切るように呟いた。

だが、あの男の傷ついた顔が脳裏をちらつくたび、心が痛む。否定すればするほど、月下老人が言ったことの信ぴょう性が増していく気がして、落ち着かない。

「理屈はどうあれ、二殿下は、その方に真心を捧げられたのだと思いますよ」

紅琰の迷いを見透かしたように月下老人が微笑んだ。おもむろに袖から杯珓（ペイヂャオ）を取り出す。

「紅喜神の恋占いか」

紅琰は手渡されたふたつの杯交を興味深く眺め、地面に放る。考えてみれば、占ってもらうのはこれが初めてだ。

欠けた月のような形のふたつの石が音を立てて床に転がり、やがて止まる。

月下老人が手を合わせ、厳か（おごそ）な声で卜占（ぼくせん）を告げた。

「天作之合（ティエンツォジフウ）」

天の恵みで巡り会い、結ばれる良縁。

占いの結果は、ふたりの出会いが運命であることを示している。

「馬鹿な。縁などあるわけ、……っ」

眩暈に襲われ、紅琰は額を押さえた。

またた。

どこで見たのかもわからない、断片的な景色や場面が脳裏に浮かんでは消える。路地裏で賭けをする男たち、物乞いの子供、白粉の香りを纏った娼妓。頭痛がひどくなり、額に冷や汗が滲む。まるで水中にいるような、くぐもった声が鼓膜に響いた。

『あなたが好きだ』

紅琰はゆっくりと目蓋を開ける。

『こんな別れ方は、本意ではなかった。――、私は』

そうだ。私は、信じてほしかったのだ。

色好みで知られた自分が、――にだけは誠実だったことを。

叶うものなら、――の想いに応えたかったことを。

元神の一部を渡すことで、証を立てようとした。

そんな相手の名前さえ思い出せない自分に苛立つ。

「二殿下、どうされました？」

心配そうに腰を浮かせた月下老人に、「なんでもない」と首を振る。

「感謝する、月下老人」

紅琰はふぅっと息をつき、立ち上がった。

卜占の結果はともあれ、あの魔族の青年は、自分にとって特別な存在だったのだろう。

記憶の断片に浮かぶ者たちの額には、魔族の証である角があった。おそらく、遊歴先も人界ではない。事故の内容を詳しく知ることができれば……いや、そもそも本当に事故だったのか。

『あなたは、俺のことをどう思っている?』

王太子の切ない声が耳に蘇る。

その答えを知りたいのは、紅琰自身も同じだった。


精華宮に舞い戻った紅琰は、すぐに玉梅を精華宮に呼び寄せた。

自称〝三界の情報通〟は、紅琰がしでかした大抵のことを知っている。冬柏が駄目でも、悪友である玉梅なら答えてくれるはず——紅琰のその考えは、しかし間違っていたらしい。

いくら訊ねようが、口を割らないのは玉梅も同じだった。さっきまで饒舌だった玉梅が、失った記憶の話になると途端に不自然な態度で口を閉じる。

ふたりとも、明らかに事情を知っている様子なのに、ここまでしらを切るのはおかしい。

人払いした書房に籠り、結界を張ってまで問い質したが、誘導尋問にさえ引っかからない。

「なぁ、そろそろ本当のことを教えてくれ。私の遊歴先は人界ではなく、魔界だったのではないのか？　内傷も金創も、元神が欠けるほどではなかった。私が記憶を失った理由は他にあるはずだ。だれかに口止めされているにしても……」

懇願するように言いかけたところで、紅琰はハッとした。

――口止めというなら、そもそもあの太医が口止めされていたのではないか？

太医は天帝付きの医師だ。天帝から偽りの診断を告げるように命じられたら従う他ない。おそらく、紅琰が人界で記憶を失ったということにしたいのだろう。そして、紅琰の本当の記憶が戻らないように、真実を知る者の口を文字通り塞いでしまったのだとしたら。

紅琰は注意深くふたりに訊ねた。

「是か否か、頷くだけでいい。私が受けた罰は、禁足だけではないのだな……？」

首を動かそうとした玉梅が、急に歯を食いしばった。冬柏も、金縛りに遭ったように身をこわばらせている。それでも必死に目だけを紅琰に向け、二回ほど瞬きした。

「父帝の命令で、私は記憶を消されたんだな？　なにをして、そんな重い罰を受けた？」

「……っ」

もどかしそうな玉梅に、紅琰は紙と筆を差し出した。だがやはり、書こうとすると手が動かせなくなってしまう。質問の是非を頷く動作さえ制御される、こんな状態を作り出す方術はひとつしかない。

「……緘口術か」

紅琰の呟きに、玉梅と冬柏がじわりと目を潤ませた。

濫用を避けるために緘口術を修練しうる者はごく限られる。術を解くにしても、天帝の命を受けた術者本人でなければ不可能だ。少なくとも、紅琰がこのふたりから真実を聞き出すことはできない。無理をすれば、術をかけられた者が自害する危険がある。

「ふたりとも、すまなかった。……あとは私が直接、魔界に行って確かめる」

「なりません！」

出ていこうとした紅琰に冬柏が追い縋る。いつもなら、渋々でも付き合ってくれる玉梅までが目の前に立ち塞がった。

「やめたほうがいい。いまの状況で天族が魔界へ行くのは自殺行為だ」

「……いまの状況とは、どういう意味だ？」

答えようとした玉梅の口が不自然に閉ざされる。やはり、緘口術が発動してしまうようだ。

もどかしさに、紅琰は唇を噛んだ。

（やはり、自分で動くしかない……）

自分と、魔族の青年との間に、なにがあったのか。

真実を知るために、もう一度、彼に会う必要がある。

話を聞けば、失った記憶を取り戻せるのではないか。そんな気がした。

「二殿下！」

冬柏が紅琰の前に回り込み、跪いた。

「退け」

「いいえ！　これ以上、天帝の命に逆らえばどうなるか。お諫めできなかった精華宮の者たちも天牢に繋がれるでしょう。どうしてもとおっしゃるなら、私を殺してからに」

いつもの彼らしからぬ大袈裟な言葉に、紅琰は驚いた。

「どうしたのだ、冬柏。心配するな、精華宮の者には累が及ばぬよう一筆残そう。行かせてくれ」

「お考え直しください、二殿下。天界の中ならまだしも、魔界に行くのだけは……っ」

「下がれ！」

冬柏を振り切り、外に飛び出したときだった。

「太子殿下のおなり――」

高らかに先触れの声が響き、紅琰はその場に固まる。まるで図ったような頃合いだ。数人の従者を連れた月季が、優雅に庭を歩いてくる。すぐに玉梅と冬柏も揃って出迎えた。

「太子殿下に拝謁いたします」

「一体なんの騒ぎだ？　もしや禁足中に、また抜け出そうというわけではあるまいな」

切れ長の目でじろりと睨まれ、玉梅が冷や汗を浮かべて肩をすぼめる。

おそらく、精華宮に潜り込ませている月季の配下が、玉梅を呼び出したことを耳に入れたに違いない。感情を押し隠し、紅琰もまた深々と拱手礼した。

「兄上こそ、このようなむさくるしいところにおいでくださるとは」

月季は背後で金の酒器を捧げ持つ侍女を視線で示した。

「体調がすぐれぬと聞いてな。見舞いに薬酒を持参した。付き合え」

「………」

紅琰の心を見透かしたように、傍らで控えていた冬柏が片膝を突いて口を添える。

「失礼ながら太子殿下、禁足中の飲酒は……」

「無礼であるぞ。せっかく太子殿下がお持ちくださったのだ」

ただの酒なら断りようもあるが、太子の厚意を無下にするのは非礼にあたる。

咎めが向く前に冬柏を一喝し、紅琰は作り笑いを浮かべた。

「兄上、天気もよいことですし、庭園で」

空気を読んだ玉梅はそそくさと帰っていった。冬柏を下がらせ、ふたりはとりとめもない会話を交わしながら精華宮の庭園をそぞろ歩いた。池の中に浮かぶように作られた、東屋の石造りの卓子に向かい合って座る。

弟を嫌っているのなら、いっそ捨てておいてくれればいい。顔を見れば憎しみが増すだろうに、わざわざ会いにやってくる兄の心がわからない。

月季が白鳥のように優雅な黄金の酒器を持ち上げ、金屈卮に薬酒を注ぐ。

「二弟の回復を祈って一献」

「…………」

兄が差し出すものを、素直に口にするのには勇気がいる。

「どうした？　兄の杯は受けられぬか？」

笑えない冗談を言い、月季は先に口をつけた。一気に飲み干し、空になった酒杯を紅琰に見せる。

紅琰は薬酒を満たした金屈卮を持ち上げた。

「兄上、いただきます」

広袖で口許を隠し、酒杯の縁に唇をつける。

目の前で、兄も同じものを飲んだのだ。まさか、面と向かって毒を飲ませるわけもあるまい。

杯を干す紅琰を月季は満足そうに眺め、視線を庭園へと移した。

「昔はよく、庭で一緒に遊んだな」

「はい。あのころの兄上は、幼い私の面倒をよく見てくれました」

さぁっと風が吹き、花弁が舞い上がる。

咲き乱れる花の中で遊ぶ幼いふたりの幻が目に浮かぶ。

天宮の花園で駆け回り、薬草を台無しにして叱られたこと、一緒に罰を受けたこと。自分への罰は、兄が代わって受けてくれたこと。転んで擦りむいた紅琰の手を、覚えたての方術で治してくれたこと。

おやつに紅琰の好きな菓子が出ると、いつも兄は自分のぶんまで紅琰にわけてくれた。庭園の東屋で果物や花の菓子を一緒に食べたこと。数え上げればきりがない。優しくて頼りになる兄が、本当に、大好きだった……。

「あの頃、罪人の子と蔑まれる私に構うのはそなただけだった。大哥(あにうえ)、大哥と、片時も私から離れず、兄がいなければなにもできないと侍女に笑われるほどだった」

「いま思い出しても赤面の至りです」

紅琰は言葉少なに目を伏せた。

あの頃の自分は、なにも知らなかった。

無邪気さがときに他者を傷つけ、優しさが棘になることも。

月季は当時を懐かしむように遠い目をする。

「この兄は、そんなそなたが愛おしくてならなんだ。光り輝く宝玉のような、日の当たる場所に咲く大輪の牡丹のような。……だが、そなたの光は眩しすぎる」

独り言のように継いだ言葉を、紅琰はやんわりと打ち消した。

「天帝が太子と認めたのは兄上おひとりです。その威光より眩しいものがありましょうか」

太子か、そう言って兄は嗤った。

空になった弟の金屈卮に再び薬酒を注ぎ、昏い目で紅琰を見つめる。

「そなたが天界にいる限り、私が太子に封じられたのは弟が譲ってくれたからだと言われ続けるであろうな」

「ご冗談を。兄上は誰よりも優秀で努力家で、品行方正でいらっしゃる。この弟など足許にも及びません」

「だれよりも身を慎み、努力せねば天宮に居場所がなかっただけだ。腑抜けを装いながら、もとより秀外恵中なそなたにはわかるまい」

ざぁっと風がふたりの長い髪を弄ぶ。花びらの嵐が過去の幻を散らしていく。

長子と言えど、母親が罪を犯し処刑された時点で、月季が太子に封じられる可能性は限りなく低かった。

だが兄弟が成年になり、いよいよ太子を冊立するとなったときの天界会議で、九天のおもだった上神上仙の意見が纏まりかけたときに、紅琰が言ったのだ。

『放蕩者の自分には荷が重く、兄のほうが太子に相応しい』

月季は天帝の長子であり、出生時に母は正妃の地位にあった。母親の権謀術策に加担したわけでもない。父帝に対しても敬虔の念が深く、王嗣としてふさわしい素質を備えている、と。

天帝は兄弟愛に感動し、序列通り月季を太子に封じた。そのいきさつは、いまも天界の語り草となっている。

「兄と弟でなければよかった。そなたがあのころのまま、私だけに心を寄せ、兄なしではなにもできない幼子のままでいてくれたらよかった」

　母親の件で、負い目を感じていたのは事実だ。しかし、紅琰が太子の地位を辞退した理由はその負い目とは関係ない。

　実母が天界を追われた後も月季は文武に励み、腐らずに努力を続けた。独り修練する兄の姿を、紅琰は幼いころから目にしてきている。

だからこそ、天帝を継ぐべきは月季であると奏上したのだ。

しかし、月季は言葉通りに受け取らなかった。賢兄愚弟を演じてきた紅琰の罪か、月季はいまだ太子の地位を、正当に得たと思えていない。

「父を同じくする兄弟でありながら、なぜ認め合えないのです？」

「対等でない相手とは認め合えぬ。母が放逐されてから、そなたと私とは天と地ほど境遇に差があった。百華王は傲慢ゆえに、気づいておらぬだろうがな」

弟から、太子の椅子を要らぬものとして、皆の面前で譲られた。プライドが高い月季の目には、紅琰の傲慢と映ったのだろう。

　耐えていれば、いつかこの蟠りも氷解するときが来ると信じていた。だが、兄弟間にある業の溝は自分が思うよりも深いようだ。

「では兄上は、この弟をどうなさりたいのですか」

「……そなたを、どうしたいかだと？」

月季は目を細め、紅琰を見た。

「できることなら、そなたが心を寄せる者はすべて奪ってやりたい。同じ絶望を味わって初めて私たちは対等な兄弟になれよう。――そう言ったら、二弟はどうするかな」

冗談とも本気とも言えない口調に、紅琰はそっと目を伏せた。

兄が太子に冊立されれば、少なくとも自分は脅威ではなくなる。昔のような関係に戻れるのではないかと、心のどこかで期待していた。だが、それは甘い考えだったようだ。

自分たちの関係は、もう取り返しがつかないほど歪み切っている。

「花発けば風雨多し、人生別離足る……」

袖で口許を隠し、紅琰は花弁が浮かぶ金屈巵を煽った。幼かった日々は過ぎ去り、あの蜜色の光の中で過ごした時間はもう戻らない。やりきれなさとともに、すべてを喉の奥に流し込む。

月季は立ち上がり、身を乗り出して紅琰の酒に濡れた唇を指の腹で拭った。

「ただの軽口にそんな顔をするな。兄はそなたを愛している。そなたがもし無能な者になり下がったら、傍に置いて、手ずから世話をしてやろうと思うほどに」

紅琰は兄の手を払い退け、唇を噛み締める。

どう言葉を尽くしても、兄の心には届かない。

目の前にいる男は、もうあの頃とは別人なのだ。

「太子殿下を、お見送りいたします」

紅琰は席を立ち、慇懃無礼(いんぎんぶれい)に拱手した。

曇花一現(タンファイーシェン)と薄く笑い、月季が袖をばさりと振った。

「いらぬ」

踵を返し、ゆっくりと遠ざかっていく。光が強いほど、影もまた濃くなる。

兄の後ろ姿が、ふいにぼやけた。紅琰の身体がくの字に折り曲げられ、ゆっくりと崩れ落ちる。

「二殿下！」

喉が、臓腑が、焼けるように熱い。

駆けつけてくる足音と、冬柏の声が聞こえる。

紅琰は背中を丸め、血溜まりの中にいた。喉奥から込み上げた血が口から溢れ、咳き込むたびに顎を濡らしながら滴り落ちる。

「だれか！　侍医を！」

「案ずるな……」

――早く、魔界に行かなくては。

紅琰は悶え、血を吐きながら、胃の腑が焼けるような熱い痛みに身を捩る。

こんなところに留まっている場合ではない。心は逸るのに、身体が追いつかない。

冬柏の声が遠くなる。

「侍医を呼べ！　早く！」

叫びを最後に、紅琰の意識はぷつりと途切れた。


激しく詰め寄る冬柏の声がする。

「解毒できないとはどういうことですか⁉　説明してください！」

紅琰はうっすらと目蓋を開けた。

見慣れた寝所の扉の前で、眦を裂く冬柏の姿が視界に入る。その隣に立つのは冷や汗を浮かべた侍医の姿だ。

「落ち着いてください、冬柏大人（ダーレン）。二殿下のお身体に入ったのは毒ではなく、花没茸（ファメイロン）かと」

「花没茸？」

珍しい薬草の名に、冬柏が眉を顰める。

だが、花神を母に持つ紅琰は薬草にも詳しい。解毒薬から滋養強壮、房中秘薬にいたるまで一通りの知識はある。当然、花没茸の作用も知っていた。

「はい。元来、神仙にとっては滋養強壮の妙薬となる薬材なので、そもそも解毒方法がありません。ただ、この薬材は花神の血族にのみ、特殊な薬効をもたらすのです」

死にはしないが丹に留まり、ゆっくりと修為を吸い取って花の神体を衰弱させていく。全身を蝕まれれば、霊力を使えなくなるどころか、起き上がることもできなくなる。

いずれは植物状態になると告げられ、冬柏は蒼白になって取り乱した。

「そんな！　なにか方法はないのですか⁉」

「そう言われましても、これは大変珍しい事例でして……」

困り果てる侍医の声を聴きながら、紅琰は小さく息を吐いた。

（どおりで、兄上も同じ酒を口にしたわけだ……）

悠々と飲み干したのは、自分に害がないと知っていたからだろう。

月季が、花没茸の知識をどうやって得たのかはわからない。だが大多数の神仙にとって有益な薬草なのであれば、「毒として作用するとは知らなかった」で済まされる。裁定の場に出たとしても相手は太子、罪を問うまでには至るまい。

「よい、冬柏……医王を困らせるな」

「二殿下、お目覚めですか」

冬柏が枕元に駆け寄ってくる。

青白い顔で咳き込みながら、紅琰は無理を押して起き上がった。

「医王、自分の身体のことは自分が一番よくわかっている。可能性があるなら、なんでも試したい」

侍医は溜息をつき、躊躇いがちに口を開いた。

「これから調べてみますが、現時点ではなんとも。ただ、逆に考えれば、天族にとっては猛毒でも、二殿下にとっては薬となるものが存在するかもしれません。少なくとも、天界にそんな都合のいいものはありませんが……」

「薬効を中和できる毒を探せばいいんですね？　あ……でも、二殿下はある程度の毒に耐性が……」

冬柏の言葉に、侍医が大きく頷いた。

「問題はそこなのです。調合するにしても、どこまで効果が期待できるかわからない上、匙加減を誤れば二殿下は廃人になってしまいます。瘴気の強い魔界になら毒草や毒物が豊富にありますが、天族は魔族の薬材を扱えません。開戦に向けて動き出しているいま、この件が魔界にとって交渉材料となりかねないとなると……」

「二殿下の命よりも戦が大事だと言うのですか⁉」

「やめよ、冬柏」

こうなった以上は、こちらからなにをしようと月季に揉み消されるだけだ。これまでと同様に、ぬかりなく証拠を消し、何食わぬ顔で見舞いに来るところまでが予定調和だろう。

それよりも、天界が魔界と戦火を交えようとしていると知って紅琰の表情は曇った。天族と魔族の間で戦が起きれば、その影響は人界にまで及ぶ。天宮に顔を出さないでいた間に、そんなことになっていたとは。

「医王、この件はくれぐれも内密に」

「わかりました。二殿下、とにかく安静にして、体力を温存しながら方法を探しましょう」

「よろしく頼む」

しかし、手立てのひとつもないまま、紅琰の身体は日に日に衰弱していった。侍医が処方した滋養薬を服用し、経脈を閉じて毒の巡りを遅らせても、霊力は少しずつ減り続ける。うとうとと眠っていることが多くなり、数日後には薬湯さえも受け付けなくなっていた。

床に伏してから、幾日が過ぎただろう。

「――」

夢うつつにまどろんでいるときに、紅琰はふと話し声を聞いて目を開けた。

今日は、玉梅が見舞いに来ているらしい。病人が眠りから覚めるのを待つ間、隣室で冬柏を話し相手にしているようだ。

声をかけようとしたその時、偶然にもふたりが話している内容が耳に入る。

「……その話は二殿下の耳には入れないでください」

「でも、魔王太子が婚約したのは将軍の娘だとか。だったら……」

「戦で手柄を立てるための政略婚でしょう。いずれにせよ二殿下には関係ないことです」

手の甲で口を押さ、紅琰は目を見開いた。

――あの魔族の青年が、娶嫁(かしゅ)を？

全身が冷たくなり、冷や汗が浮かんだ。

王家に閨閥(けいばつ)はつきものだ。驚くほどのことではない。

それなのに、なぜか耐えがたい悪心が込み上げてくる。

「お目覚めですか、二殿……二殿下⁉」

気配に気づき、様子を見にきた冬柏が、慌てて侍医を呼びに行く。

胸が痛い。息ができない。紅琰は全身を震わせ、息も絶え絶えに胸許を掻きむしった。

唇を血で濡らしながら、神として生まれて初めて死というものを意識する。

花も枯れるときは、こんなふうに苦しむのだろうか。


魔界の梟が鳴いている。

その夜、紅琰は魔王宮にいた。

せめて動けるうちに、あの魔族の青年に会いたい。

会って、真実を知りたい。

その思いだけでひとり精華宮を抜け出し、どうにか境結界を突破したのだ。

王宮には厳重な結界が張られている。忍び込むには、まだかろうじて方術を使えるいましかなかった。しかし、弱った身体で気配までは消し切れない。

「侵入者がいるぞ！」

東宮まで辿りつく前に、紅琰は衛兵に捕らえられた。

ただでさえ瘴気の強い魔界で、もはや抵抗する力も残っていない。あっけなく制圧され、魔族の男たちに取り囲まれる。

「こいつ、あのときの天族の間諜じゃないか？」

衛兵のひとりが、剣の先で紅琰の顎を持ち上げた。手燭の灯に照らされた花顔を目にし、彼らが一斉に色めき立つ。

「そうだ！　この顔に見覚えがあるぞ！」

「懲りずにまた忍び込みやがって！　殺せ！」

決死の覚悟で会いに来たが、それも叶わないようだ。この場で魔王太子に会わせてくれと頼んでも、八つ裂きにされるのがせいぜいだろう。

もはやこれまでと、睫毛を伏せたときだった。

「待て」

凛とした一声に衛兵たちの動きが止まる。

「太傅殿⁉」

　廻廊の角から姿を現したのは、紫紺の袍を纏った白髪白髭の老爺だった。虚ろな目をした紅琰を見るなり、眉間に深い皺を刻む。

「殺してはならぬ」

「ですが、こいつは天族の」

「騒ぐでない。間諜ならなおのこと、尋問する必要がある。連れていきなさい」

「……は」

　衛兵たちは不満そうな顔をしながらも剣を納めた。早く歩け、と乱暴に引っ立てられる。

「……なんと酷なことを……」

　すれ違いざま、老人が溜息交じりに呟くのが聞こえた。呆れや憐れみの入り混じったその言葉が、なぜ発せられたのかはわからない。ただ漠然と、自分は牢に繋がれ、記憶も取り戻せず、会いたい相手にも会えないまま、魔界で生ける屍となり果てるのかと思うとやりきれなかった。

　紅琰が連れて行かれたのは、牢獄の中でも重罪人を尋問するための監房だった。

　窓のない壁と鉄格子に囲まれ、石造りの床には申し訳程度の藁が敷かれている。そんな場所に、紅琰は手足に枷を嵌められた状態で、天井から下がる鎖に繋がれた。

　他にも同じように収監され、裁きを待つ罪人が何人もいるようだ。鉄格子越しに手を伸ばし、あるいは奇声を上げ、見回りの兵に絡む声があちこちから聞こえてくる。

鎖で吊るされたまま、数刻が過ぎたころだった。

ほとんど気を失っていた紅琰は、近づいてくる足音に目を覚ました。

「……下がれ。しばらく誰も牢に入れるな」

見張りの兵を下がらせる声に、紅琰はゆるりと顔を上げる。

鈍く光る鉄格子の外側に、彼が立っていた。

「眉目秀麗と称えられる百華王が、哀れなものだな。明日にでも皆の前で首を切り落とし、天宮に送りつけてやろうか」

冷酷に処刑を告げる彼は、精華宮の庭園で会ったときとはまるで別人だ。

紅琰はやつれた頬に長い髪をまとわりつかせ、男を見上げた。

「そのような暴挙に出れば、戦の火蓋が切って落とされように」

「すでにそのつもりだ」

「な……げほっ」

紅琰が咳き込み、口から血を滴らせる。鎖が擦れる重い金属音が響き、冷たい石の床に次々と赤い血の花が咲いた。

「……ッ」

王太子が眉間に皺を寄せ、鉄格子に一歩近づく。ほんの一瞬、動揺したように見えたものの、すぐにまた元の冷たい表情へと戻る。

薄暗い蝋燭の灯りに照らし出された顔は凄艶（せいえん）を極め、艶を放つ黒髪や漆黒の角と相まって、ゾクリとするほど美しい。

（ああ）

胸の奥で、欠けた元神が切なく疼く。

知らない。わからない。思い出せない。

なのにどうして、こんなにも胸が締めつけられるのだろう。再会を待ち望んだ相手を目の前にして、呼びかける名さえわからないことが悔しい。無意識のうちに涙が溢れ、頬を伝って滴り落ちる。

「なんの涙だ？　死ぬのが怖いのか？」

首を斬っても、紅琰は死なない。元神さえ無事なら何度でも転生できる。だが、そんなことはどうでもいい。

「……吱（チ）ッ」

無言で涙を零す紅琰に苛立ったのか。

王太子が錠を魔力で弾き飛ばし、黒衣の裾を翻して牢の中に入ってきた。

片手で細い首を掴まれ、持ち上げられる。弱った身体はされるがままで、つま先が宙に浮いた。喘ぐように息をしながら声を絞る。

「魔王太子……」

「俺の名も忘れたか」

王太子は憎々し気に吐き捨て、紅琰を突き飛ばした。咳き込む紅琰の顔を掴み、仰向かせる。恨みを込めて、紅琰の目を覗き込んだ。

「……神を殺すには、各々方法があるそうだな？」

恨み、怒り、悲しみ。いや、それだけではない。ぎらつく瞳の奥に、もっと深い感情が沈んでいるのを、紅琰は見逃さなかった。血を滾らせた獣のような声が低く囁く。

「あなたがどうすれば死ぬのか、ひとつひとつ試していってやろうか」

「試す必要はない。愛し合った相手が裏切ったときに、私は死ぬ」

王太子がわずかに目を瞠る。だが、すぐにまた元のすさんだ表情に戻った。

「紅琰よ紅琰、裏切りが得意なのはあなたのほうだ」

「私がいつ裏切った？」

とぼけるなとばかりに、王太子は嗤った。

指先で魔力を操り、紅琰の手の鎖を緩める。床に膝を突いた紅琰の前に立ち、不遜な顔で見下ろしながら、片手で衣の前を寛げる。

「魔王の世子を籠絡し、魔界を亡ぼすつもりだったか？　天帝の第二皇子、百華の王、天界の色狼。そなたの手練手管に落とされる俺を見るのは楽しかったか」

「なんのことだ、私は、……ッ」

いきり立つ陽物を、口の中に突き入れられた。反射的に喉を締め、吐き出そうとする頭を強く押さえられる。

「もう、あなたの口から偽りを聞きたくない」

肉塊の熱さとは裏腹に、王太子の声は芯から冷ややかだ。目の奥に、憎しみとも欲望ともつかない激しい情が渦巻いているのを感じる。

「んぅ、っ……ふ、う、っ」

髪を掴まれ、強制的に頭を前後に揺らされた。巨大な陽物がずるりと口から引き出され、またすぐに突き込まれる。ぬるつく先端で唇を捲り上げられ、紅琰は苦しさに顔を歪めた。あまりの大きさに口端が切れ、溢れた唾液が顎にまで滴る。

——嫌だ。やめてくれ。

屈辱と恥辱に身体が震える。それなのに憎いと思えないのは、自分を辱めるこの男のほうこそ傷ついていると感じるからだ。

詰られれば詰られるほど、彼が心で慟哭する声も大きく聞こえてくる。

自分が彼を裏切ったと言うのなら、教えてほしい。どんなふうに出会い、どんな時間を過ごし、どんなふうに別れたのか、思い出させてほしい。

「んぐ……っ」

しばらく口淫を強いられた後で、投げ捨てるように突き飛ばされた。毒に侵された身体は無力で、身を起こすことも容易ではない。

紅琰は咳き込み、口を袖に押しつけた。白い絹地に鮮やかな赤が滲む。

「立て」

冷淡な声が響いた。

まるで脳に霞がかかったように考えが纏まらない。肩で息をしていた紅琰は、命じられるままに鎖に縋って身体を支えた。萎えた足を開くことでどうにか姿勢を保つ。

「！」

乱暴に裾を捲り上げられ、下着を剥かれた。ひんやりとした空気が素肌に触れ、意識が少しだけ明瞭になる。これからなにが行われようとしているかを悟り、紅琰は頭を上げた。

「い、やだ……やめ……っ」

鎖を鳴らし、逃げを打った腰を掴んで引き戻される。

剥き出しにされた白い尻に、ビタンと重たい肉塊を叩きつけられた。あらぬ場所を割り開かれ、紅琰は鎖を握り締める。

「やめて…くれ」

両隣や通路を挟んだ前にある独房にも、収監されている罪人がいる。視界を遮るものは鉄格子以外になく、ほぼ丸見えの状態だ。なにが行われているかを察知した彼らが鉄格子に張りつき、ごくりと唾を飲み込む音が嫌でも耳に入ってくる。男に犯されるだけでなく、その姿を見られる恥辱に紅琰は震えた。

「罪人に、拒む権利があると思うか?」

尻の狭間に亀頭をぬるぬると擦りつけられる。怯えて窄まる蕾に狙いを定め、灼熱の剛直が押し当てられた。慣らしもしないまま突き入れられる。

「あ、——っ」

引き裂かれるような痛みに、紅琰は掠れた声を放った。鎖を掴む指の関節が白くなり、足が爪先立つ。痛みと恐怖で身体が竦み、男のモノを押し潰さんばかりに食い締める。

「まだ、ほんの序の口だぞ」

王太子が荒く息をつく。

まだ半分も入っていないらしい。無理やり押し入られた蕾の縁が引き伸ばされ、男のモノに張りついている。もし根元まで受け入れたら、下肢が裂けるのではないかと冷や汗が止まらない。

「あ!」

腰を掴む手が前に回った。衿を寛げ、以前より薄くなった胸許へと忍び込む。熱い指先が乳首を探り当て、強く摘まれた。びりっと電流のような感覚が走り抜け、思わず中の雄を締めつけてしまう。腰が揺れ、王太子が息を詰めるのがわかった。

「……う、っ……」

乳頭を抓られ、ぷくりと腫れた先端を指の腹で転がされる。かと思えば強く引っ張られ、過敏になった乳頭は徐々に熱を持ち始めた。虐められるたびに中が締まり、やがて痛みとは別の感覚を連れてくる。

（どうして……）

ありえない。苦しいのに、身体が反応しかけていた。悟られたくなくて、自由にならない身体を必死に捩る。だが鍛えられた男の身体は屈強で厚みがあり、いまの自分では太刀打ちできない。

「あ、さ、さわる、な……っ」

もう片方の手で下腹部をまさぐられ、紅琰はがくんと腰を折った。はからずも後ろに腰を突き出す格好になり、羞恥に全身が熱くなる。男としての急所を握られ、下半身から力が抜ける。

鈴口を親指で弄られるのがたまらない。忙しない息と濡れた音が牢に響く。

「口ではどう言おうと、身体は正直だ」

耳を甘噛みしながら、王太子が意地悪く囁いた。欲に濡れた雄の声に脳が蕩け、鳥肌が止まらない。無意識に自身の内側が痙攣し、相手のモノをきつく締め上げる。熱っぽい吐息が耳にかかり、竦み上がった瞬間、一気に根元まで貫かれた。

「あぁっ！」

目の前が真っ白になる。

「はは……見てみろ、紅琰」

身体を硬直させたまま、ほんの一瞬だけ気を失ったらしい。

笑みを含んだ男の声に、紅琰はうっすらと目を開けた。猛々しい陰茎に串刺しにされ、じんじんと下腹部が熱く疼いている。

見れば、目の前に差し出された男の掌が、紅琰の出したもので白く汚れていた。目にした途端、カッと顔が熱くなる。

「な……っ……」

衆人環視の中、自分は立ったまま、背後から獣のように犯されて達したのだ。

己の身体がいかに恥知らずであるかを見せつけられて、言葉にならない。

「ハハ。偉そうに、俺に指南したつもりでいたのだろう。だが、あなたの身体に快感を教えたのは俺だったな？」

男が腰を引いた。ずるりと抜き取られた陽物が、蕾の縁を捲り上げる。太いモノでゆるゆると浅いところを捏ねられ、腹の奥が切なく疼いた。

放ったばかりの前がまたゆるりと頭をもたげ、ものほしそうに揺れる。項を染め、吐息だけで喘ぐ紅琰を、男はなおも責め立てた。

「いやらしいな、尊い神が聞いて呆れる」

男茎を扱き上げられ、先端を親指で弄られる。くちゅくちゅと露骨な音を聞かされて、耳までもを犯された。

「尊い、か」

皮肉っぽい呟きが男の気に障ったのか。

腰を掴まれ、勢いよく根元まで押し込まれた。

「あぁっ……っ！　っん、ぁ…っ」

焦らされたあとでようやく与えられた充溢感（じゅういつかん）に、恍惚とする。緩急をつけて抽挿され、律動に合わせて前が弾んだ。先端の頂から糸を撚（よ）るようにいやらしく蜜が垂れていく。

「罪人に見られながら犯される気分はどうだ、紅琰先生」

のろのろと視線を上げる。隣の監房の罪人と目が合った。自分の痴態を食い入るように見つめながら、反応した股間を扱いている。

「い、いや、だ……っ」

恥ずかしさとは裏腹に、得体の知れない快覚が駆け上がる。

紅琰は固く目蓋を閉じ、視界を閉ざした。

自身の身を崇高だと思ったことは一度もない。だが、これほど恥知らずとも思っていなかった。他者に痴態を晒しただけでなく、あまつさえ見られて昂奮するなどと。

「嘘をつくな。俺を締めつけて、悦がっているくせに……っ」

憂さを晴らそうとでもするかのように、男が幾度も突き上げる。

悦楽に抗おうとしても無駄だった。灼熱の硬さもさることながら、一突きがズンと重い。大きく張り出した部分で敏感な場所を擦り上げられると全身に震えが走り、なにも考えられなくなる。

「凌辱されて感じているのだろう？ おまえたち天族が蔑む、魔族の男に」

「…………っ」

歯を食いしばり、首を振る。

違う。自分は魔族を下に見たことはない。

やめてくれ。こんなのは違う。

胸の痛みに涙が滲む。心が悲鳴を上げる。

初めての夜は、余裕がない中でも精一杯の優しさがあった。ひとつ前に進むにも、表情を確かめながら情を交わした。

だがいまは顔も見ず、ただ辱めるためだけに乱暴に犯している。

（——初めての、夜……？）

涙に濡れた目蓋が開いた。

この男と情を交えるのは今日が初めてではない。

記憶はなくとも、自身の身体が覚えている。以前にも、自分はたしかにこの男に身を委ねた。自らの意思で肌を合わせ、めくるめく夜を過ごしたことがあったはず。

しかし、それがいつ、どこでだったかは思い出せない。

「答えたくないか。言わなくても、感じているのが中から伝わってくるぞ」

「疼……ッ」

陰茎はもはや凶器と言っていいほどの大きさだった。後ろから髪を掴まれ、腹が裂けるほどの勢いで奥を抉られる。

苦しい。なのに、内側はもっと深い快感を求め、はしたなく男に絡みつく。

逃げたがる腰を強引に引き戻し、王太子が巧みな腰遣いで奥を突き上げた。

「はっ……淫乱め。魔族を見下す資格がどこにある？　天族のほうがよほど汚い。俺に、元神まで差し出して……、いまだって、こんなにも悦んでるくせに……っ」

「あぁ、あ……っ」

「忘れるくらい、俺のことはどうでもよかったか。とんだお笑い草だな。いいだろう。二度と俺を忘れないように、孕むまで犯し尽くしてやる。今度こそ後宮に閉じ込めて、一生鎖で繋いでやる。もう二度と……離れないように……っ」

罵る言葉が愛の告白のように聞こえるのは、自惚れだろうか。

断ち切れない情をぶつけるように、激しく腰を打ちつけてくる。奥まで届くのが気持ちいい。一突きごとに内臓が押し上げられる。もっとほしくてたまらない。

「ここが好きだっただろう？　ほら、いまは、こんなに奥まで入る……っ」

ぐぽっ、と音を立てて亀頭部が奥の窪みに嵌り込む。

「あう……っ」

目の奥がちかちかして、また一瞬だけ意識が飛んだ。

項が熱い。押し殺した呻きとともに、唇の端から唾液が滴る。中の粘膜が男のモノに纏いつき、種を絞り取ろうとでもするかのようにきつく収斂する。

「っ」

動きが乱れ、身の内で陽物が生き物のように跳ねるのがわかった。男が小さく声を漏らし、腰骨を掴む指が食い込んでくる。熟しきった鳳仙花のように種が弾ける。

――熱い……。

迸る精を受け止めながら、紅琰はぶるりと身を震わせた。

この、身の内に火を放たれたような感覚は、以前にも味わったことがある。

「っあ」

まだ萎えない陽物を抜き取られる。もう自分の足で立つだけの力も残っていない。鎖に全体重を預ける形で、紅琰は深く項垂れる。枷が手首に食い込むが、もはや痛みさえ感じなかった。静かに目蓋を閉じ、ドクン、ドクンと自分の中で脈打つ感覚を追いかける。

「紅琰……」

背後から衣擦れの音に交じり、自分を呼ぶ声が聞こえた。

記憶を消されても、身体は忘れていない。自分はこの男の体温を知っている。

気海丹田に意識を集め、紅琰はふぅっと息を吸った。項の牡丹が色鮮やかに煌々(こうこう)と輝きだすのを感じる。

「紅琰……っ」

こんなふうに、狂おしく自分を求める男の名前は。

「雨、黒、燕……」

一文字ずつ、確かめるように声を発する。

背後から、王太子の震える腕が紅琰の身体を掻き抱いた。次第に力が強くなっていく。

「――涅哩底王、雨黒燕……私の燕儿」

意識の底から、封じ込められていた記憶が浮上する。

何千年と生きてきた年月の中で、あの月下の出会い以上に美しい瞬間があっただろうか。

屋根から落ちる花を、流れる水のように受け止めてくれた。腕に抱いた瞬間に、互いが運命を感じたのだ。

真っ赤な牡丹が咲く首を曲げ、紅琰は息も絶え絶えに振り返った。

「そんなに私を離したくないか、燕儿」

ずっと、堪えていたのだろう。

目が合った途端、雨黒燕はいまにも泣き出しそうに顔を歪めた。抱き締める腕に、もう逃がさないとばかりに力がこもる。

「紅、炎……」

師弟のように、兄弟のように過ごした日々が鮮やかに蘇る。

自分たちが結ばれる未来はない。

そう戒めつつも、自分は一縷の望みを紅牡丹に託したのだ。

成就しない関係でも、想いは同じだったことを。相手もそう信じてくれることを。

その証として渡せるものが、自分には元神しかなかった。

「！」

雨黒燕が、なにかに気づいたように胸に手を当てた。取り出された紅牡丹を見て、ふたりはあっと息を呑む。

雨黒燕の手に渡った元神の欠片は、長らく蕾のままだった。それがいま、金色の光を放ちながら花弁を開き始めている。

「これは……」

ふたりの目の前で、やがて牡丹は満開に咲き誇った。それに呼応するかのように、紅琰の胸の中にある元神の本体もまた熱く輝き始め、咲きこぼれていくのがわかる。

精華宮の花園には、この世界に生きる者たちの愛が咲くという。だが、紅琰の花はいつ探しても見つからなかった。きっと、自分が誰も愛さない運命だからだと思い込んでいたが、まさか自分の元神そのものだったとは。

「すまなかった。やっと……記憶が取り戻せた……」

失われていたすべての記憶を取り戻し、紅琰はほぅと息をついた。

雨黒燕がすぐに魔力で拘束具を弾き飛ばし、落ちてきた身体を抱き留める。床に膝を突き以前より痩せた身体をきつく抱き締めた。

「なにも覚えていないようだと、太傅から聞いた。天界でなにがあった？」

「なんでもない。天帝から、罰を受けただけだ」

「詳しく説明しろ」

最初から言うつもりなどなかった。だが低い声で迫られて、やむなく口を開く。

魔界に忍び込んで騒ぎを起こし、父帝の不興をかったこと。魔界への侵攻に反対したことでさらなる怒りをかい、懲罰として記憶を消されたこと。すべては兄の陰謀によるものであること――手短に話して聞かせるうちに、雨黒燕の表情は驚きから怒りへと変わっていく。

「……つまり、俺が天界に会いに行ったとき、すでに紅琰は記憶を消された後だったと？」

「そうだ。あのとき言ったことは本心ではない。許してほしい」

「ああ……それなら、よかった……」

　自分とのことが軽い火遊びだったわけではないと確認できたからか、雨黒燕は大きく安堵の息を吐いた。目の縁がうっすらと赤みを帯びる。

（ずっと、想いは変わっていないのだな……）

　心を捧げ、想いは通じた。もう、思い残すことはない。

　厚い胸板に凭れかかり、紅琰は男の凛々しい顔を見上げる。

「大きくなったな、燕儿。どこもかしこも、私より」

　本当なら、外見が大きく変わっていようが、すぐに雨黒燕だとわかってやれたはずだ。細くなった腕を持ち上げ、雨黒燕の汗ばむ額に纏いつく髪を指先で退ける。

「まだ子ども扱いする気か？」

「もう大人だろう。婚約したと聞いた。王太子妃は、将軍家の娘とか」

「……もしかして、それを聞いて魔界に？」

　咲き誇る紅牡丹に視線を移し、紅琰は無理に微笑んだ。

　雨黒燕の婚姻は魔界の大事だ。この愛は結実しない。それでも生ける屍となって兄の手に堕ちるより、愛した者の腕の中で死ぬほうが幸せには違いない。

「王族なら、足元を固めるためにも必要なことだ。ただ、そなたが誰かのものになる前に、もう一度会いたかった。思った通り、いい男になったな……もっと顔をよく見せてくれ」

雨黒燕の顔を両手で挟み込み、至近距離で視線を合わせる。紅顔の美少年は本来の姿と魔力を取り戻し、大人の男へと変貌していた。

——最期に、会えてよかった。

万感の想いを込めて、そう告げようとしたときだった。

紅琰の手に自らの手を重ね、雨黒燕が真剣な顔で言った。

「縁談はすべて断った。後ろ盾を得るためだけに妻を娶りたくない。俺が添い遂げたい相手は紅琰、あなただけだ」

紅琰は信じられない思いで、雨黒燕の顔を見つめる。

「……本気で言っているのか?」

「もちろん本心だ」

求婚にも等しい言葉に、どう反応していいかわからない。いずれ魔族の王になろうという男が、よりにもよって天族の、それも自分などを選ぼうとは。

——いや、いまの言葉を聞けただけで充分だ。

紅琰は思い直し、首を振って俯いた。

「王と民が許すまい」

「父王には、閨閥は政治の腐敗を招くだけだと説得した。民から王として認められるかどうかは今後の俺次第だ。納得させてみせる」

きっぱりと言い切るその顔に、街で物乞いを気にかけていた少年の面影が重なる。

大人になっても、芯の部分は変わっていない。純粋で、優しくて、情に篤い。

（すまない、燕儿……）

婚姻はふたりだけの問題ではない。年長者として、彼を嗜めるべきだとわかっている。

だがこれ以上、自分の気持ちに嘘はつけない。

紅琰は顔を上げ、雨黒燕の目をじっと見つめる。

「美しい妃を娶り、たくさんの子を作るはずだったそなたが……私の罪だ」

「だれを愛するかは俺が決める。心を偽り、妃を不幸にすることこそ罪だ」

「……」

「どうした？　どこか痛むのか。乱暴にしたせいか？　すまない。すぐに手当てを」

慌てて顔を覗き込む雨黒燕に、なんでもないと首を振る。

胸がいっぱいで、言葉にならない。紅琰は自ら雨黒燕に身を寄せ、広くなった背中に腕を回した。もう片方の腕を伸ばし、後頭部を引き寄せて口接ける。

「燕儿……立派になったのだな」

大きくなったのは見た目だけではないようだ。上に立つ者として未来を見据え、ともに生きる道を切り拓こうとしている。

記憶を失くそうが、姿かたちが変わろうが関係ない。たとえこの身が朽ちて、生まれ変わったとしても、雨黒燕ならきっと自分を探し出してくれるだろう。ふたりでなら、種族の違いや偏見でさえ乗り越えていける気がした。

「本当は、あなたを攫うつもりで、天界に行ったんだ」

口接けの合間に、雨黒燕が想いを吐露する。

「大胆なことを……」

いや、異界に忍び込んだのはお互い様か。

濡れた唇を離し、小さく笑い合う。

「燕儿、そなた演技が下手だな」

「放っておけ。それより、どうしてそんなに弱っている?」

「ああ、ちょっと毒を盛られただけだ」

「先に言え!」

雨黒燕が焦った顔で紅琰を抱き上げる。

天をも恐れぬ魔界の世子は、紅琰を失うことをなによりも恐れていた。

——口を開けろ。

——大丈夫だ、心配ない。

――目が覚めたときには、すべてよくなっているから……。

夢うつつに、優しく言い聞かされながら口移しで薬を与えられたことを覚えている。

「……燕儿……」

目蓋を開けると同時に、冬柏の心配そうな顔が視界に飛び込んできた。

「二殿下、ご気分は？」

ぼんやりと枕の上で首を振り、ふと気づく。

嘘のように身体が軽い。一瞬、いままでのことすべてが夢だったのかと思ったが、すぐに枕元の床帳を掻き分けて、雨黒燕が顔を出した。

「目が覚めたか紅琰！　具合はどうだ？」

「……そなたこそ、どうしたのだ」

怪我でもしたのか、頭に包帯が巻かれている。紅琰が身体を起こすのを手伝いながら、雨黒燕はぎこちなく微笑んだ。

「なんでもない」

「なんでもないわけないだろう」

なにかがおかしい。つと手を伸ばし、雨黒燕の額にかかる髪を掻き上げたる。

違和感の正体に気づいた紅琰は息を飲んだ。

「そなた……」

白く滑らかな額に、本来なら生えているはずの角がない。代わりに、分厚く巻かれた包帯に赤黒い血が滲んでいる。ちょうど角の根元にあたる場所だ。

「二殿下を解毒するために、角を切られたのです」

「冬柏！」

雨黒燕が鋭く制止する。

紅琰は茫然としたまま、首を回した。

「冬柏が、なぜ魔界に……？」

「王太子殿下が昨日、密かに精華宮までいらしたのです」

冬柏も、最初は罠かと疑ったようだ。

しかし、紅琰が姿を消したのは事実だったため、招聘に応じたのだという。

「冬柏、この通り解毒は成功した。もう下がれ」

「雨黒燕。私はもう隠し事をしないと決めたのだ。そなたも私になにも隠すな。……冬柏、すべて話せ」

是、と短く答え、冬柏はその場に跪いた。

雨黒燕が天界に飛んだのは、詳しいいきさつと治療法を調べるためだったらしい。彼は月季との因縁や医王の診断を知ると、すぐに冬柏を連れて魔界に戻った。魔王宮の太医の中に、毒を専門とする医師がいることを思い出したからだ。

幸いにも、魔王宮の太医は花没茸の解毒薬をつきとめ、すぐに処方箋をしたためた。

『解毒は一刻を争います。ただ、薬の調合に必要な生薬のうち、一種だけ薬材が足りません。幼魔霊茸（ヨウムォリンロン）――つまり生え変わったばかりの魔族の雄角です』

鹿の角や竜骨、胎盤などを生薬に用いるのは珍しいことではない。だが魔族にとって角は命の次に大事な器官であり、面子（めんつ）を保つ意味でも簡単に差し出せるものではない。

太医の言葉に、その場にいた全員が難しい顔で黙り込む。

しかし、雨黒燕だけは違っていた。

『王太子殿下、いけません！』

躊躇いもなく腰の剣を抜いた雨黒燕を、冬柏が慌てて止めた。

彼ほどの魔力があれば、あるものをないように見せることはできる。だが、その逆はできない。そしてなにより、彼には次期魔王という立場があるのだ。

それでも、雨黒燕の決意は揺るがなかった。

『紅琰は俺に元神をくれた。真心には真心で応えたい』

皆が止めるのも聞かず、雨黒燕が剣を振り上げる。

白刃が一閃し、視界は真っ赤に染まった……。

「燕儿、なんということを」

自分がその場にいたら、絶対に止めていた。

否、だからこそ前もって眠らされたのだろう。この借りをどう返せばいいのか、わからない。

雨黒燕が牀の縁に腰を下ろし、困ったように笑ってみせる。

「そんな顔をしないでくれ。角なんかまた生えるし、紅琰が気に病むほどのことじゃない。傷が治ったら疑似角でも作ってくれ。……それとも、角がない俺はみっともないか？」

「そんなことはない！　燕儿はだれよりも美しい」

即答され、雨黒燕が照れくさそうな表情を浮かべる。

ばつが悪そうな冬柏を下がらせ、寝所にはふたりだけが残された。

「痛いだろう……」

雨黒燕の顔にそっと触れる。

その辺の妖獣の角が折れたのとは訳が違うのだ。再び生え揃うまで何十年、あるいは何百年かかるかわからない。その上、傷が塞がるまではかなりの痛みを伴うという。

「痛くない。紅琰を失うほうがずっと痛い」

痛くないはずはないのに、なんでもないと笑う顔は以前の美少年の面影を残している。

美男子なのは事実だが、本当は見た目の美醜など関係ない。角があろうがなかろうが、毛髪が黒かろうが白かろうが、どんな姿になったとしても、雨黒燕であればいい。

自分にとって、かけがえのない大事な宝物。

たとえ自分が死ぬことになっても後悔はしない。

この想いに名前があるとしたら、それは……。

「愛している」

雨黒燕が、虚を衝かれたように目を見開く。

紅琰は静かに微笑んだ。

「あのときの答えを、聞きたかったのだろう?」

愛している。

くすぐったいその言葉を、生まれて初めて口にした。さんざん浮名を流してきた自分が言っても、軽薄に受け取られるのではないかと不安になる。

だが、杞憂だったようだ。

「紅琰……! 俺もだ、紅琰。愛してる……っ」

雨黒燕の顔が近づいてくる。

唇が触れ合う寸前、無粋な先ぶれの声が響いた。

「陛下のおなり――!」

ふたりは慌てて離れる。

気まずい空気の中、姿を現したのは魔王と太傅だった。その後ろに、先程よりもさらにばつが悪そうな顔をした冬柏が、あらぬ方に視線を向けながら控えている。

「申し訳ない。邪魔したようだ」

「父王！」

「！　魔王陛下に拝謁します」

牀から降りようとした紅琰を、魔王は鷹揚なしぐさで止めた。

「病み上がりなのだ、そのままでよい。本当はもっと早く来るつもりだったが、牢の塵を掃除させるのに手間取ってな」

「牢……」

ふたりの情交を目にした重罪人たちは全員処刑されたらしい。さらりと聞かされた紅琰はなんとも言えない気持ちになる。

「なに、気にすることはない。あの牢にいたのはすべて死刑囚だ。それより、太傅からそなたらに話さねばならないことがあるそうだ。太傅」

「……はい」

紅琰の命の恩人でもある老人が進み出て、恭しく挨拶する。

「二殿下、ご機嫌麗しゅう」

紅琰は咳払いし、ちらりと視線を投げた。

「牢獄の荒療治はそなたの案か？」

太傅は否とも是とも言わずに微笑み、自らの額に手をやった。

指先から青い光が放たれ、ごとんと音を立てて偽の角が落ちる。つるりと滑らかな額に、紅琰だけでなく雨黒燕や冬柏も一斉に息を呑んだ。

「あなたは……」

魔界の重鎮でありながら、彼は魔力を修練していない。

太古の昔、邪神は天帝と争い、天界から追放され、魔界を拓いたとされている。

「いかにも、私は魔太祖と共に堕天した天仙でございます。元、と言ったほうがいいのかもしれませんが……。もう、魔界で生きた時間の方がずっと長くなりました」

だが、太傅に言わせれば、その伝説は事実とかなり食い違う内容らしい。始祖が修練した大いなる力を天帝が脅威と見なして弾圧し、ほぼ一方的に天界から追放したのだ、と。

初代魔王に大恩があった彼は、自ら天界を捨て、天地の果てまでつき従った。だが、九天を去ったあとも、心のどこかで天界と魔界との和解を望み続けていたようだ。

そんな折、閨房指南役を見繕う目的で青楼に出向き、紅琰を見つけた。一目で正体を見抜いた太傅は、千載一遇の好機とばかりに魔王宮へと連れ帰ったのだ。

実際の年齢など本人さえわからない、もはや太傅自身が生きる伝説と言っていい。

（どおりで、魔王からも一目置かれているわけだ……）

魔王宮への招聘から、とんとん拍子に事が運んだのも納得がいく。

その後の展開はさすがに想定外だったようだが、魔界でのことはすべて、この老人のお膳立てあってのことだったのだ。

「………」

言葉もない雨黒燕の肩を叩き、魔王が意味ありげな笑みを浮かべて言った。

「そなたの覚悟は見せてもらった。本件は王太子と王太妃に任せよう。いずれ魔界を統治する身なればこそ、これも試練の内だ。朕は全面戦争でも構わぬがな。よきに計らえ」

魁偉な見た目もさることながら、その器の大きさに紅琰は内心、舌を巻く。放任主義にも見えるが、根底には息子への揺ぎない信頼がある。

(しかも、あっさり嫁として認められてしまったぞ……)

魔王が太傅を連れて退出した後も、しばらく紅琰は額を押さて俯いていた。よきに計らえ、などと丸投げされたものの、ことはそう簡単ではない。

「紅琰、俺はこれまで、天界との戦には懐疑的だった。だがいまは父王の意見に賛同する。魔族だろうが天族だろうが、血の繋がった弟を害する外道は滅ぼされて当然」

物騒なことを言い出した雨黒燕を、慌てて止めにかかる。

「待て待て。私もこうして治ったのだし、もう終わったことではないか」

「なっ……」

絶句する雨黒燕を、傍に控えていた冬柏が援護した。

「もっと怒ってください。二殿下は寛容すぎるのです。すぐ忘れる…いえ、根に持たない性格は美点でもありますが、今回はさすがに許せません」

「まぁまぁ」

一貫して処罰感情がない紅琰とは裏腹に、ふたりは紅琰を虐げた月季と天帝に腹の虫が治まらないらしい。息まくふたりをなだめつつ、紅琰は話題を変えた。

「私的な恨みつらみよりも、いまは三界が乱れることのほうが問題だ。この魔界に、神兵神将を攻め込ませるわけにはいかない」

「ふん。魔界とて八万四千の夜叉を従えて迎え撃つ用意がある」

「それによって苦しむのは無辜の民だ。すまないが、今回は魔界に協力を願いたい」

神々の関係は複雑だ。交渉は一筋縄ではいかないだろう。それでも和議によって戦争を回避させたいと強く望む紅琰に、雨黒燕が溜息をつく。

「こんな目に遭ってもまだ天界を庇うのか？」

紅琰は思わず、苦笑いを浮かべた。

生きとし生けるもののすべてを救うのが神である自分の役割、などときれいごとを言うつもりはない。だが世界の均衡を保つには、だれかが割を食わねばならないこともある。

「それでも、私の肉親だ。ましてや天界には友や恩師もいる。生まれ帰る場所がなくなってしまうと困るな」

「帰る場所はここでいい。ずっと俺の傍にいろ」

「そういう訳にはいかない。皇家王族に生まれたからには、そなたもわかっていよう」

婚約云々の前に、まずは天界と魔界の行き違いを正さねばならない。

説き伏せられる形で、雨黒燕が渋々と頷く。

「……わかった。戦は回避する方向で父王と話し合う」

「頼む」

だが、戦争を回避できたとしても、難題はまだ残っている。

「問題は、魔王の継嗣(けいし)か」

「………」

魔界の王家は男系によって継承される。次代魔王が後宮を作らず、男神である紅琰のみを配偶者とした場合、王家は滅亡の危機に瀕する。

かといって、側室を娶ることは紅琰も雨黒燕も断固拒否の構えだ。

黙り込むふたりに、傍で茶を淹れていた冬柏がおそるおそる口を挟んだ。

「あのぅ……おふたりとも、継嗣のことなら問題ないかと」

「冬柏、どういうことだ?」

「二殿下、産めるじゃないですか」

「え?」

「ご存じなかったんですか? 牡丹という名の通り、二殿下は牡(おす)の、つまりは男性の身体をお持ちですが、丹の奥には子房があります」

子房は、植物が受粉後に子孫を育てる器官だ。

冬柏が書机の筆を執り、紙にさらさらと牡丹の絵を描く。どこかで見たような雄蕊と雌蕊の断面図に、紅琰は黙って眉間に皺を刻んだ。

「ああ、たしかに牡丹は両全花。花蕊も胚珠もひとつの花の中にある。紅琰先生から習ったぞ」

雨黒燕はしたり顔で頷くが、紅琰としては素直に喜べるわけがなかった。

何千年も男神として生きてきた自分が、いまになってこの身に種を宿せるなどと――考えるだけで腹が痛くなる。

「い、いや、しかしだな。冬柏、産むってどこから赤子を出すんだ？　右脇か？」

「そんな尊いものは二殿下から生まれません。二殿下の母君は花神ですから、精華宮の花園に……」

「もうわかった、詳しく言わずともよい」

額を指先で押さ、紅琰は深々と溜息をついた。

精華宮の花園というくだりからなんとなく想像はつく。キャベツ畑で赤子が生まれるが如く、宿した種を精華宮で芽吹かせれば牡丹の花に奇跡が起きる。そんなところだろう。

排泄しない身体に、なぜ後庭が存在したのか、いまになってようやくわかった。抱かれたときの反応も、そこが生殖孔であるのなら腑に落ちよう。雨黒燕によって破瓜の行われた身体はその後、再び精を受け止めても内傷を負うことはなかった。

神の身体とは摩訶不思議、未知なるもので不可能を可能にする。

「紅琰……」

いますぐ結婚してくれ、と言わんばかりの雨黒燕の熱い視線が突き刺さる。

かたや次期魔王、かたや天帝の第二皇子。

考えてみればふたりの婚姻は究極の宮廷外交であり、天界と魔界が和解するための策としても悪くない。うまくいけば戦争回避だけでなく、不可侵の和平条約を取りつけることも可能だろう。

魔王家の少子化問題は、たくさん子を作れば解決する。幸いにして、種も畑も最高ときている。

「二殿下、これも〝天命〟では」

「うるさいぞ」

横から茶々を入れる冬柏をぴしゃりと黙らせる。

天命か、天媒か。

月下老人の占いが脳裏を過ぎる。彼のしたり顔が目に浮かぶようだ。とはいえ、雨黒燕への愛だけは本物なのだから、終わり良ければすべてよし――。

ふたりが見守る中、天界きっての花花男子は勢いよく顔を上げた。

「……いいだろう！　男子の一言金鉄のごとし、好いた相手に潔く嫁ごうではないか！」

自分にも、とうとう年貢の納めどきが来たようだ。

思い切りのいい言葉に雨黒燕は感極まり、紅琰をきつく抱き締めた。


天空に繋がる天宮の大広間に、次々と魔界からの使者たちが騎獣から舞い降りる。

天界の主だった上神上仙が両脇に列をなして見守る中、漆黒の衣装を纏った使節は玉座の前まで進み、天帝に拝謁した。

「魔王太子が、上帝陛下に拝謁いたします」

――紅琰と話し合った翌日、雨黒燕は魔王宮に参内した。魔王は息子の意思を尊重し、戦争を回避することで挙国一致した。そして雨黒燕は魔王の名代として使節を率い、紅琰を伴って天界に向かったのである。

「……顔を上げよ」

金の龍袍を纏い、冕冠(べんかん)をつけた天帝が玉座から厳かに告げる。

黒い儀礼服を纏った雨黒燕と、その隣に立つ青年が顔を上げ、正面から天帝の顔を見上げた。黒い集団の中でただひとり、金糸の刺繍を施した白衣を纏ったその青年に、天族の視線が吸い寄せられる。

「魔王太子の隣……あの方は二殿下では」

「第二皇子は堕天したのか？」

白磁の仮面で顔の半分を覆っていても、神気までは隠し切れない。むしろ、禁足中だったはずの第二皇子が、いきなり魔界の使節団の一員として現れたとあれば、疑いの目を向けられても致し方ない。だが、紅琰はどんな誹り（そし）りを受けても微動だにせず、涼やかに面（おもて）を上げている。

そんな中、月季だけは違っていた。魔族の使節団の中に紅琰の姿を見ても、動揺する様子はない。まだ、紅琰が花没茸に蝕まれていると思っているのか。

「こたびは魔王の名代としてまいりました。まずは親書をご確認いただきたく」

雨黒燕の言葉を受け、親書箱を捧げ持った従者が背後から進み出る。天帝の傍らに控えていた月季が天界側の従者を制し、自らそれを受け取って天帝に渡した。

主だった上神上仙が固唾を飲んで見守る中、親書を読み終えた天帝が、黙って月季に渡した。急いで目を通した月季の顔色が変わる。彼がなにか言う前に、雨黒燕が口を開いた。

「天界に申し入れたき議はふたつございます。ひとつ目は先日、天族と魔族の間に行き違いがあった件について」

「申してみよ」

「今回の件は双方の誤解によるもの。それもすでに解けたいま、魔界は天界との和解を望んでおります」

天族がざわめいた。銀色の甲冑を身に着けた神将たちが色めき立つ。

もはや天界にとって開戦は既定路線だったのだろう。いまさら後に引けないとばかりに月季が叫ぶ。

「陛下！　魔族どもの妄言に騙されてはなりません！」

「ふたつ目は、我が最愛である紅琰との婚姻を認めていただきたく」

当事者を除き、その場にいた全員が耳を疑ったに違いない。広間は水を打ったように静まり返り、激高した月季の震え声が響き渡った。

「戯言(たわごと)を‼」

「やめよ！」

天帝の制止より、月季が剣を呼び出すほうが一瞬だけ早かった。虚空に差し出された手の中に、一振りの刀剣が現れる。同時に魔族の従者たちもいっせいに剣を抜き、雨黒燕と紅琰を守るように切っ先を月季に向ける。

「控えよ。無礼であるぞ」

雨黒燕が一喝し、魔族は躊躇いながらも剣を納めた。

だが怒りに青ざめた月季は、切っ先を雨黒燕に向けたまま近づいていく。

「和親など言いながら、隙を見て攻め込む魂胆であろう。我が弟を人質に取るとは卑怯にも程がある。その首、この場で切り落として魔王に送り返してやる！」

斬り込んだ瞬間、青い火花が散った。

呼び出した佩剣で月季の一撃を退け、雨黒燕が高く跳躍する。

天帝の御前でやり合うなど前代未聞だ。ただ、それぞれが天界と魔界の王嗣であり、両者とも膨大な修為を持つ武術の手練れともなれば、止めに入れる者はいない。

刃が噛み合い、空中で双方の力が拮抗する。鍔迫り合いの最中、月季は勝ち誇ったように叫んだ。

「陛下、御覧の通りです。これは魔族の謀に違いありません。二弟は騙されているのです」

「騙しているのは、はたしてどちらだろうな？」

至近距離で睨み合いながら、雨黒燕が囁く。月季は柳眉を跳ね上げ、吐き捨てた。

「黙れ！　魔族の分際で神を誑かす大罪人め」

「ほう。では弟を害する兄は大罪人ではないのか？」

キリキリと噛み合う白銀の刃が、火花を散らしながら震える。

やや押されながらも、月季は嘯いた。

「なんのことかわからぬな」

雨黒燕の目が怒りに赤く燃え上がり、手に一層の力が籠る。

「このまま八つ裂きにしてやりたいところだが、紅琰はそれを望んでいない。弟への過去の仕打ちは黙っておいてやる。その代わり、紅琰には二度と手を出すな」

「口を慎め！」

剣を薙ぎ払い、両者が宙を飛んで離れる。

眦を決し、再び刃を交えようとした瞬間、白金の光が両者の間に割って入った。一瞬の判断で雨黒燕が剣を引く。

「もう、おやめください。兄上」

刃を掴む指から大量の血が湧き出し、瞬く間に刀身が赤く染まる。月季が振り下ろした剣を掴んだまま、紅琰が片手でゆっくりと仮面を外した。

「二弟……」

茫然と目を見開き、月季が声を震わせる。花没茸を解毒できたことに気づいたらしい。

月季の顔を見つめたまま、紅琰は静かに口を開いた。

「どうしてそんな顔をなさるのです？　兄上の気が晴れるなら、私は苦しむ姿を見せてもよかった。でも、毒酒を煽ったときにわかったのです。私が天界にいる限り、兄上の心は永遠に晴れることがないのだと」

「違うっ、やめろ！　私は」

震える月季の手から、血に濡れた剣が滑り落ちる。重たい金属音が響き、白玉の床に点々と赤い花が咲いた。

「私は天界を去ります。どうか憎しみを手放して、以前の兄上に戻ってください」

「二弟‼」

月季が耳を塞ぎ、膝から崩れ落ちる。

「許さぬ……去ることは許さぬ。そんな言葉を聞きたいのではない。二弟、私はそなたを見ていると、苦しくて、どうしようもないのだ。胸が押し潰されるほど、苦しくて……」

「苦しい？　そうでしょうとも」

紅琰は片膝を突き、月季の顔を両手ですくい上げた。哀れみを込めた目で兄を見詰める。

「聡明で愚かな兄上は、憎しみから私を支配し、その一方で、私から愛されることを渇望している」

血と涙で頬を濡らし、月季が茫然と呟いた。

「なにを……言っている」

「罪人の子と蔑まれたあなたに、変わらず情を傾けたのは私だけ。兄上が憎む私だけが、兄上の欲するものを与えたのです。あの頃に戻りたいのでしょう？」

「憎んでなどいない！　私は、弟を愛している！」

「愛と執着は違います。兄上の情は愛ではない。私はあなたの所有物にはなれません。兄上の望みには応えられない」

月季はなにも言わず、知らない者でも見るように紅琰を見詰めている。

ややあって、彼は掠れた声で問うた。

「……あやつを……愛しているのか？」

紅琰は答えず、ただ笑みを浮かべる。愛は奪うものではなく、赦し、与えるものだ。自身の神格の意味を知ったいま、恐れることなどなにもない。

月季は震える手で紅琰の手を払い退けた。すべてに興味を失った顔で立ち上がる。

「好きにするがいい。魔界でもどこでも行ってしまえ。だが二度と天界に戻れると思うな」

「太子！」

非礼を咎める天帝の声が震えている。

衣の袖裾を翻し、月季は玉座を振り仰いだ。

「陛下、すべての責任はこの私にございます。後でなんなりと罰をお与えください」

空礼するが早いか、月季は一瞬で姿を消した。

収拾のつかない事態に天帝は青ざめ、反対に使節団は冷めた様子だ。天界の重鎮たちは、どうにか体裁を保とうと躍起になり、その場は騒然となった。

どんな事情にせよ、魔族の使者の前で身内の恥をさらしたことに変わりはない。天帝に向かって跪く紅琰に、雨黒燕が寄り添い、手を差し伸べた。

「出戻るわけないだろう、紅琰はずっと俺の傍にいるんだからな」

差し出された手を握り、紅琰は静かに立ち上がる。

今度こそ、月季の心に届いたと思いたい。

「そんな顔をするな。俺は、あなたが涙も血も流すことのない未来を約束する者だ」

紅琰の掌の傷を手巾で縛りながら、雨黒燕が囁いた。その雄々しい横顔を、紅琰は黙って見つめる。

それでも、自分は兄を赦すのだ。

いままでと、同じように。

【第四篇】

数日に渡り、魔界との和睦のための協議の席が設けられた。賛否両論あったものの、雨黒燕が魔族の始祖に纏わる真実に言及した途端、天界側の態度は軟化した。太古の騒動を机上に載せられては具合が悪いと判断したのかもしれない。結果的に戦争は回避され、天族と魔族の相互不可侵協定という意味を持つふたりの婚姻は両族に受け入れられた。

和議の調印と同時に、魔王太子と第二皇子の婚約が正式に成立したのである。

たくさんの花弁が浮かぶ大きな湯槽（ゆぶね）に肩まで浸かり、紅琰はほぅと息をついた。

雨黒燕も、いまごろ念入りに支度を整えているころだろう。

天族が魔族と婚姻を結ぶのは開闢（かいびゃく）以来の大事件だ。それも天帝の子息が輿入れする立場となると、文字通り天地がひっくり返ったようなものだろう。天后はともかく、天帝と太子は華燭（かしょく）の式への出席を渋り、説得は困難を極めた。大変な紆余曲折を経て、紅琰はようやくこの好き日を迎えることができたのである。

（――これ以上は望むまい……）

水滴を弾く肌に、白絹の内衣だけを身に着けて湯殿から出た。すぐに、衝立の向こうで待機していたお付きの者たちが集まってきて、清めた身体に吉服を着せていく。

魔界では金糸で鳳凰の刺繍を施した伝統的な深紅の吉服を、天界では白銀の糸で牡丹を縫い込んだ純白の礼装を、それぞれ纏うと決まった。これから九日間に渡り、魔界と天界で大がかりな祝宴が催されるのだ。

赤い髪帯で括った髪に、繊細な細工が施された金小冠をつけ、仕上げに自らの手で花苞笄を挿し込む。

申し訳程度に口紅紙に唇をつけ、最後に侍女が紅蓋頭(ホンガイトウ)を被せた。人界では魔除けの意味を持つ花嫁の紅蓋頭を、魔族は角隠しとして用いるらしい。いずれにせよ、紅琰には必要のないものだが、郷に入っては郷に従えと黙って受け入れる。

すでに会場内では雨黒燕が、天界と魔界の錚々(そうそう)たる顔ぶれが、紅琰の登場を待っている。開け放たれた扉の向こうに進めば、もう後戻りはできない。

新郎新夫が、中央に花結びのついた紅絹の端と端を持ち、花弁が敷き詰められた花道を並んで歩む。この婚礼の儀そのものが、荒唐無稽な茶番であると謗られても構わない。こんなにも幸せそうな雨黒燕を見られただけで意味があったと思えるからだ。

やがて大広間に、立会人兼進行役を務める月下老人の厳かな声が響き渡る。

「一拝天地――」

天地に一礼を。

「二拝高堂――」

父と母に一礼を。

「夫婦対拝――」

ふたりは向かい合い、ゆっくりと頭を下げた。


紅蓋頭を被ったまま、紅琰は新牀(にいどこ)に腰を下ろした。

東宮の寝所は赤い布で飾り立てられ、牀の赤い敷布にも赤い花弁が振り撒かれている。縁起物は言うまでもなく、あちこちに貼りつけられた双喜字の切り抜きも真っ赤だ。

このなにもかも赤い寝所で初夜を過ごすのだと思うと落ち着かない。勢いだけでここまで来てしまったが、いざ洞房(どうぼう)となると急に逃げ出したくなるのはなぜだろう。

雨黒燕との共寝が初めてというわけでもないのに、否、だからこそ余計に、どんな顔をして待てばいいのかわからない。緊張して自分まで真っ赤な血を吐きそうだ。

「紅琰、待たせてすまない」

いくらも待たぬうちに寝殿の扉が開き、雨黒燕が入ってきた。

紅琰は慌てて姿勢を正し、新郎を迎える。

祝いの宴はまだ続いているらしい。お付きの者が扉を開けた際に一瞬だけ、賑やかしい歌声や管弦の音が聞こえた。魔族は酒豪が多く、きっと朝まで飲み続けるに違いない。

屏風の向こうから姿を現した雨黒燕が、ゆっくりと紅琰の隣に腰を下ろした。

「紅蓋頭を取っても？」

「ああ」

魔力に弾かれ、ふわりと紅蓋頭が天井近くまで舞い上がった。その下から、白い頬をほんのり上気させた花顔が現れる。

紅琰はようやくまともに花婿の姿を見た。

いつもは黒を基調とした衣を好んで纏う雨黒燕が、今日は赤を纏っている。天界の白い婚礼服も悪くないが、やはり魔族の婚礼服は雨黒燕の男前をさらに上げるようだ。落ち着いた花婿ぶりも、悔しいほど堂に入っている。

「きれいだ」

花嫁の髪を撫でながら、雨黒燕が感じ入ったように囁いた。

「……紅は嫌だと言ったんだが」

思わず顔を背ける。気恥しさを隠そうとして、急に素っ気ない口調になってしまった。

唇を拭おうとする紅琰の手を雨黒燕がそっと押さえる。

「せっかくの牡丹を散らすな。それは花婿の特権だ」

「…………」

花婿という言葉が引っかかるが、言葉尻を捕らえるほど子供でもない。

しおらしく目蓋を伏せた花嫁に、雨黒燕が顔を近づける。丹花に口接けようとした瞬間、紅琰は思い出したように相手の顔を押し退けた。

「結髪と交杯酒がまだだろう」

新郎新婦が縁固めの杯を交わし、互いの髪を一束ずつ切って結び合わせる。いずれも初めて床をともにする前の儀礼だ。

紅琰は枕元に用意されていた酒器に手を伸ばし、杯に酒を注ぐ。だが口へと運ぶ前に、紅琰は抱き寄せられていた。

「いますぐシたい」

かぶりつくように口接けられ、手から杯が転がり落ちる。酒器が割れる音とともに酒が床に飛び散った。

「う、ンん……っ」

もつれあうようにして赤い敷布に押し倒される。

つい先程までの緊張が嘘のように、身体から力が抜ける。

熱い舌に口の中を掻き混ぜられ、紅琰はかすかに吐息を漏らしながら新郎の背に腕を回した。自らも舌を差し出し、絡め返して欲を煽る。太腿に触れている雨黒燕の下腹部がグッと硬くなったのを確認し、紅琰は笑みを漏らした。

「なにを焦っている、夜は長いぞ」

濡れた唇を舐めながら、親指で雨黒燕の口許を拭う。だが雨黒燕も負けてはいない。

「お互い様だろう？　牡丹が赤くなってるぞ」

言い返され、反射的に項に手をやる。言葉通り、色づいた牡丹が熱を放っていた。

（いまの、接吻だけで……？）

自分でも驚かされる。

子を孕めるというだけで、男としての機能を失うわけではない。抱かれる側に回ることに複雑な思いもある。

だが心とは裏腹に、身体は無意識のうちに期待している。

雨黒燕が小さく笑みを漏らし、紅琰の胸許に顔を埋めた。音を立てて鎖骨に口接け、上目遣いに囁く。

「夫君に花を持たせると思って、今夜はすべてを委ねてほしい」

「……この身体を好きにさせろということか？」

「拒まれたくないだけだ」

そう言いながら手は早くも帯を解き、蟠桃の皮を剥くように婚礼衣裳を脱がせていく。

案外、年下であることを気にしているのかもしれない。もう童貞ではないにせよ、雨黒燕にとって紅琰は元々、閨房指南の老師だ。色事の経験値は比較にならない。

「いいだろう。天界一の色男と誉れ高い百華王を娶ったのだ、大事に扱え」

漫然たる態度で衣を脱がされながら言い放つ。

雨黒燕はニヤリと笑い、自らも吉服を脱ぎ去った。

「もちろんそのつもりだ。俺は天界の至宝を手に入れた果報者だからな」

「いつにもまして調子のいいことを」

「想う相手と結ばれて、浮かれずにいられるか？」

甘え上手な青二才に、紅を舐め取られる。雨黒燕に移った紅を取り返すように、紅琰からも身を寄せて口接けた。互いに角度を変えながら、飽きることなく舌を絡め合う。接吻の合間に雨黒燕が囁いた。

「詛しなところも含めて好きになった。でも、これからは、俺だけを見てほしい」

口では傲慢なことを言いながらも、乞うような眼差しに心が震える。

彼の願いは、紅琰の命を握らせてくれというに等しい。

神の一生を縛ろうとは大胆にも程がある……などと、少し前の自分なら笑って誤魔化していただろう。だが、いまは違う。

「永生永世、私を殺せるのはそなただけだ」

まさか、この自分が永遠を誓うことになるとは思わなかった。花から花へと目移りしていた昔の自分が嘘のように、いまは雨黒燕しか見えていない。

「絶対に裏切らない。約束する」

雨黒燕が囁き、まるで誓いの口接けのように唇を塞がれた。

汗ばむ肌を辿った指が、しなやかな筋肉を纏った胸を愛撫する。うっすらと盛り上がった胸筋を揉みしだかれ、紅琰は思わず身を捩った。雨黒燕の指が肌に食い込み、凝った乳頭を押し潰される。電流が走ったような感覚に、紅琰の身体が小さく撥ねた。

「ふ、ン」

乳首を指先で転がされ、鼻にかかった声が漏れる。それに気をよくしたのか、雨黒燕の口接けがより深まった。執拗に胸を弄られながら、甘い舌で口の中を掻き混ぜられる。

まるで飴玉でも口に入れたようだ。ねっとりと舌裏を舐め上げられるのが、たまらなく気持ちいい。紅琰は何度も喉仏を上下させ、湧き上がる唾液を飲み込む。そんな場所が自分の性感帯のひとつだと、雨黒燕に抱かれるまで知らなかった。

指南役として導いていたはずの自分が、気づけば知らない快感を教えられている。

「ン、う、燕儿……っ」

ぴちゃりと音を立てて唇が離れた。

目の前に雨黒燕の欲情した顔がある。すっかり紅の取れた唇は、しかし相変わらず赤い。

淫靡に光るその赤を目にした途端、くらりと眩暈がした。

下腹部に重みを感じ、男茎が痛いほど張り詰める。頭に濃い霧がかかったように、なにも考えられない。疼くような欲望が込み上げてきて、紅琰は掠れた声を上げた。

「燕儿……」

隣に身を横たえた雨黒燕が、紅琰の腕を引いた。

「紅琰、足をこちらに」

「ん……」

促されるままに身体を入れ替え、雨黒燕の頭をまたぐ体勢で腰を落とした。

頭がぼうっとして、酔ったように身体が熱い。赤く腫れるまで弄られた乳頭が、じんじんと熱を放っている。

海底撈月。

普段の自分なら、こんなはしたない格好をすることに抵抗を覚えないわけはない。だが、いまは羞恥心を感じる余裕もないほど情欲に支配されていた。

腹につきそうになっている紅琰自身を大きな手で握り込まれ、腰がびくつく。

「っん」

自身をゆるゆると扱かれながら、紅琰もまた、雨黒燕のモノに手を伸ばした。

目の前にそそり立つモノを掌に包み込む。怒張した陰茎が手の中でびくんと震え、先走りが指を濡らした。

「ふ……ン」

誘われるように顔を近づけ、先端を口に含む。

音を立てて溢れ出る先走りを啜り込むと、雨黒燕がびくりと腰を浮かせた。落ちてくる髪を耳にかけ、喉まで迎え入れる。口をすぼめて頭を振り、亀頭部を柔らかい舌で舐め回すと、雨黒燕のくぐもった呻きが聞こえた。

「う、……っ」

感じているらしい声音に、また下腹部が甘く疼く。軽く歯を立てて愛撫しながら、ずっしりと子種の詰まった陰嚢にも手を伸ばした。

先程からくらくらと眩暈がする。室内に漂う、甘ったるい匂いのせいだろうか。ふと横目で見ると、枕元の香炉から細い紫煙(しえん)が立ち昇っているのが見えた。

(……この香……)

処女の花嫁の、固い蕾を開かせる房中薬――つまり、媚薬だ。

口淫を続けながら、紅琰はそろりと片手を上げた。

「あっ……」

経穴を衝こうとした指を、素早く魔力で弾かれる。咥えていた陰茎が、ぶるっと跳ね上がるようにして吐き出され、飛沫が飛び散った。

「ずるいぞ」

息を荒げて身を捩り、雨黒燕を睨む。

彼の様子だと、予め知っていたに違いない。

「ずるいものか。気づかいだ。媚香のせいにして、好きなだけ乱れればいい」

「なっ……っ！」

腹につきそうなほど張った紅琰のモノを強く押し下げられる。無理やり根元を折られる痛みに、紅琰は悲鳴じみた声を漏らした。

「ひっ……っう」

濡れた先端を舌先であやされ、敏感な穴を抉じられる。痛みと快感にがくがくと腰が震え、がくんと上体が崩れた。男茎からとめどなく蜜が溢れ、糸を引いて滴り落ちる。

「ああ、どんどん溢れてくる」

滴る蜜を舌で舐め取り、燕儿が口端を上げた。茎を手で扱き上げながら、舌先は陰嚢を辿り、蟻の門渡りを経て後孔に至る。濡れた舌でつつかれて、蕾がヒクリと固く窄まった。

「芍薬の蕾は咲く前から蜜を出すと言うが、百華王の蜜は……」

両手で双丘を押し開かれる。剥き出しにされた蕾に、ぬるりとしたものが触れた。

雨黒燕の下肢に上体を伏せたまま、紅琰は信じられない思いで敷布を掴んだ。

「やめ……っ」

ひくつく蕾を、唾液で潤まされる。ぐずぐずになったところで指を入れられ、下腹部が波打った。舌と指で後ろを掻き回されながら、もう片方の手で前を扱かれる。甘い痺れが際限なく広がって、腰から下が蕩けそうだ。

「まさに、玉液」

後孔に潤みを足しながら、雨黒燕が陶然と呟く。

辱める意図はないと知りつつも、紅琰の目尻に涙が浮かぶ。

「っう……く、ぅ……っ」

あまりの恥ずかしさに、頭がおかしくなりそうだった。だが心情とは裏腹に、内襞ははしたなく指に吸いつき、もっと奥に挿れてほしいとねだっている。

もっと太くて長いもので、気持ちいい場所を擦ってほしい。深く浅く突き上げられて、思い切り射精したい。腹の奥が切なく疼き、雨黒燕の指をきゅうきゅうと締めつける。

「は……すごい、熱くてとろとろ……」

恥ずかしい事実を暴かれて、体温がまた上がった。甘く熟れた果肉を掻き混ぜるようなその音が、あの日の无花果を彷彿させる。もう我慢できない。思うさま中を掻き混ぜられ、昇り詰めたい。

「燕儿……早く」

濡れた吐息を零しながら、紅琰は手を伸ばした。目の前に隆々とそそり立つ陰茎を掌に包み込む。大胆なことも、いまなら媚薬のせいにしてしまえばいい。

「燕儿、っ」

後孔から指を抜き取り、雨黒燕が身体を起こした。

紅琰の身体を仰向けにし、片足をまたいで腰を引き寄せる。隆々と筋を浮かせた自身を見せびらかすように、股の間に寄せて訊ねた。

「早く?」

言葉の先を促される。生意気にも口で言わせたいらしい。

痙攣する下腹部を撫で、紅琰は目に壮絶な艶を滲ませた。

「早く、ここに、ほしい」

蕩け切った顔で囁くと、雨黒燕の喉が大きく上下した。紅琰の口許に、あだめいた笑みが浮かぶ。

刹那、雨黒燕は喉の奥で唸るような声を漏らし、自身を秘所に宛がった。はち切れんばかりに張った亀頭部で蕾を押し広げる。紅琰の片足を抱え込み、一気に中ほどまで貫いた。

「待……っ燕儿っ、いきなり、そんな……深すぎる……っ」

「いたずらに煽る紅琰が悪い」

内臓を圧し上げられるような圧迫感に、息もできない。苦し紛れにもがく足が敷布を乱し、縋るものを求めて手が宙を彷徨う。

両方の足を肩にかけさせ、雨黒燕が脇に手をついた。

「まだ序の口だ。もっと……もっと俺を入れてくれ」

「あぅ、っ……っ……っ」

でゆっくりと腰を送り込まれる。九浅一深、浅内徐動、弱入強出——覚えの良すぎる教え子は、紅琰の弱いところを押さえていた。

「あ、——ッ」

強く腰を押しつけられ、白い喉を晒してのけぞる。つま先がキュウッと丸まり、重たく揺れる性器の先から精液が迸った。

「もうイったのか、紅琰？」

「……っ、……っ」

最初の一深。突き上げられた瞬間、視界が真っ白に染まった。これ以上ないほど深く繋がったまま、深い余韻に震える。

「締めすぎだ」

足を抱えなおし、陰茎が引き出される。まだ痙攣している内襞をずるりと擦られ、紅琰は悲鳴を上げた。くびれまで引き出されたモノが、再びぬぷりと沈められる。

「っ、待っ……頼む、……っ」

「接して漏らさず、だったな？」

若い雄は、加減というものを知らないらしい。達したばかりで過敏になっている紅琰の身体を容赦なく攻めたてる。わずかに残っていたはずの余裕も消え去り、紅琰は髪を乱して喘いだ。突き上げられるたびに鈴口から白い飛沫が噴き上がり、滑らかに浮いた筋肉の筋を伝ってたらたらと流れ落ちる。

「紅琰、こんなに漏らして……見ろ、敷布がぐしょぐしょになってる。朝、褥を整えに来た宮女がこれを見てどう思うだろうな……？」

顎を掬い上げられ、うっすらと目を開ける。そこら中にまき散らされた仙液の痕を見て、紅琰は耳まで羞恥に染まった。

「……っ」

奥歯を噛み締め、嫌々をするように首を振る。緩んでいた髻が解け、長い髪が乱れ散った。年下の男から、早くも一方的に蹂躙され、乱れに乱れている現実が信じられない。

「い、……や……っ」

破瓜の夜は内傷を負うほどに慣れていなかった身体も、回を重ねるごとに抱かれる悦びを知っていくようだ。いまも雨黒燕を咥え込み、咀嚼するように動いて種を搾り取ろうとしている。自身では制御できない淫らな動きを、雨黒燕は存分に楽しんでいた。

「嫌？　ならば漏らさないように、栓をしておこう」

「っあ」

雨黒燕が腰を引いた。抜け出た陰茎が、接合部から粘りを引いて跳ね上がる。息も整わぬうちに膝に乗せられ、雨黒燕に背を向ける格好で再び繋がる。

「燕儿、もう、っ……っぁ……っ」

戦慄く肉鞘を擦り上げられ、脊髄を電流が駆け上がる。しどけなく濡れた柱頭が震え、濃い蜜を滴らせた。

(悦すぎる……っ)

あっけなく弾けてしまいそうで、紅琰はもがいた。逃げようとする身体を、背後から抱き締められる。深々と突き刺され、喉から悲鳴じみた掠れ声が迸った。

「紅琰、まだ音を上げるのは早いぞ」

熱い胸に凭れかかった紅琰が、息も絶え絶えに目蓋を上げる。

虚ろな眼に、信じられないものが映った。

「……!」

片方の手で紅琰自身の根元を支え、もう片方の手には花苞笄が握られていた。

先程、髪がほどけたときに落下したのだろう。婚儀の時でさえ紅琰が肌身離さず着けていたほどの大事な法具だ。

これから行われようとしていることをなんとなく理解して、紅琰は一気に青ざめた。

「やめろ、そんなことに使うものでは……っ」

子孫繁栄を司る神が、男として使いものにならなくなったら洒落にならない。

「そうとも、これは法器。知らぬ者はない百華王の愛剣だ」

そう言いながら天を仰ぐ紅琰自身を掌に収めた。人差し指と親指で、弾力のある亀頭を撫で擦る。

神聖な法具をこんなふうに使うなんてありえない。

もがく紅琰を押さ込み、雨黒燕はぱくと穴を開かせた。蜜が滲む割れ目から、真っ赤に熟れた粘膜が覗く。

「燕儿……腹上死したいか……？」

震える声で凄んでみせる。万が一にも事故が起きたら取り返しがつかない。

だが雨黒燕は笑いながら一蹴した。

「いま剣に変えるなら、ともに串刺しになるだけのこと」

「――ッ」

たとえ髪一本でも、自分が雨黒燕を傷つけられるわけがない。

花苞笄の冷たい切っ先が、ぬめる穴に狙いを定める。ツプリと挿し込まれ、紅琰は思わず顔をそむけた。

「いっ……」

狭い器官の中を、細く固い笄がゆっくりと挿入ってくる。

きつく目蓋を閉じ、震える手を握り締める。痛みとも快感ともつかない痛烈な感覚に、悪寒が止まらない。

雨黒燕は笄の中ほどで一旦止め、力が抜けるのを待ってから、指先でトンと押した。

「あ、っ、いや、いやだ、それ……っぅあ……っ」

笄を軽く揺らされ、激しく中がうねる。

耳許に、笑い含みの声が響く。

「口嫌體正直（コウシィエンティヂォンヂー）、だったか」

「黙れ、っ、ろくでもないことばかり、覚えて……っ、ん、う……ッ！」

後庭で雨黒燕を食んだまま、笄で男茎を串刺しにされる。装飾の手前まで飲み込むころには、男茎が痛々しい色に染まっていた。

「その、ろくでもない知識を俺に教えたのは、どこの誰だったかな」

笄の牡丹を指先でピンと弾かれる。

短く声を上げ、紅琰は後頭部を厚い肩に擦りつけた。

「っぁあ、ぁ……っ！」

いまにも達しそうなのに、笄が邪魔で出せない。上からも下からも貫かれた状態で、快感に身悶える。

大きく股を開いた状態で、膝裏を掬い上げられた。不安定に身体が浮き上がり、くびれ近くまで陰茎を抜き取られる。嫌な予感に、紅琰は縋る場所を探して身を捩ったが、もう遅い。

膝裏を支える手から力が抜ける。陰茎を飲み込みながら身体が沈み込む。

「っ!」

グプ、と嵌り込むような感覚とともに須臾の間、意識が飛んだ。出口のない快感が腹の中で逆流し、中にいる雨黒燕をキュウキュウと締めつける。

紅琰の身体は激しく震え、丸く開いた唇からは細く唾液が滴った。

「今度は出さずにイッたのか」

「っ……っぁ……っ」

腹の奥で小刻みな痙攣が止まらない。項に浮かぶ牡丹の痣が、これ以上ないほど赤く咲き染まる。

あたかも花の香りを楽しむように、雨黒燕が首筋に鼻を埋めた。深く息を吸い込み、満足そうに色っぽい吐息を漏らす。

「まさに天色天香」

「……ぅあっ」

再び膝裏を救い上げられた。思わず身が竦んだが、今度は小刻みに奥を捏ねられる。花苞笄を刺されたままの男茎が揺れ、中の粘膜を刺激されるのがたまらない。紅琰は弾むような胸筋に背中を預け、掠れた声で懇願した。

「っ抜、抜いて、くれ……頼む、から……っ」

抜きたくても、この状態ではとても触れない。

「ああ、そうだったな。こっちも可愛がってやらねば」

動きが止まり、笄が刺さったままの男茎を掌に掴み取られる。ようやく楽になれると思いきや、充血したモノを根元から扱き上げられた。固い笄を通された粘膜の管が戦慄き、牡丹の下から雫が溢れる。紅琰は激しく首を振り、雨黒燕の腕に爪を立てた。

「違……っ、笄を、花苞笄を、抜け……！」

縋るように腕を掴む手が震えている。

もう出したい。いますぐ抜いてほしい。耐えがたい射精欲を前に、矜持など意味をなさない。

「愛妃の頼みとあれば仕方ないな」

雨黒燕が牡丹の装飾部を指で摘まみ、つい、と笄を持ち上げる。

紅琰は浅い呼吸を繰り返しながら、薄目を開けて様子を窺った。

「あ、っあ、……っ」

花苞笄が敏感な粘膜を擦りながら抜けていく。痛みとも快感ともつかない感覚に、鳥肌が止まらない。意地悪く途中で止めては軽く揺らされ、そのたびに紅琰は悶えた。

永遠にも思われた責めが終わり、ようやく笄の先端が見えてくる。

ちゅぷりと抜けた瞬間、せき止められていた欲望が大量に噴き上がった。

「紅琰、またイッたのか?」

「……ぅう……」

長く我慢させられていた射精は、すぐには終わらない。時折、ひくっと痙攣しながら、たらたらと流れ出る。白濁は雨黒燕の下肢まで滴り、赤い敷布に染みを広げていった。

「すごいな、中がずっと痙攣してる……気持ちいい……」

汗で張りついた髪を掻き上げられ、項に口接けられる。ぐったりした身体を後ろから強く抱き締められ、膝の上で再び抽挿が始まった。いまだ絶頂にいる身体を、激しく揺さぶられる。

「っ、っ、まだ、イッてる、……っ」

律動に合わせ、紅琰のモノが腹部で弾む。体液がまき散らされ、敷布はもはや使い物にならないほどぐしょぐしょだ。

「毎日たっぷり注いでやる。だから……」

背後から紅琰を抱き締め、雨黒燕が低い声で囁く。

「たくさん、俺の子を孕め」

「!　っあ……っ」

奥に挿し込まれる。顎を掴まれ、深く口接けられた。隙間もないほど抱き締められた状態で奥にたっぷりと種を蒔かれる。

呼吸も喘ぎもすべて雨黒燕に飲み込まれ、紅琰は震えた。

「――……！」

この一夜だけで、身籠ってしまいそうなほどの量を注ぎ込まれる。受け止め切れなかった精が、尻の狭間から糸を引いて滴り落ちた。

「紅琰……紅琰、愛している」

息も絶え絶えに、掠れた声で「私もだ」と答える。

これだけ抱いても、雨黒燕はまだ満足していないらしい。

丹花の唇を貪り、再び挑みかかってくる。今夜は寝られそうにない。紅琰は朦朧としながらも、雨黒燕のすべてを受け止めようと目を閉じた。

――後日。

紅琰は腰を擦りながら、「天の川が一本増えるかと思った」とぼやいたのだった……。

【額外篇】

ぱしゃんと音を立てて雫が水面を叩く。庭の池で鯉が跳ねたようだ。

その日、東宮には七人の美女を両脇に侍らせ、優雅に茶を飲む紅琰の姿があった。

「麗しの大義姉君に」

ぽんと掌上に咲かせた赤い花を、紅琰は傍らに座る女性に差し出した。結い上げた黒髪に豪華な角飾りが似合う、神秘的な顔立ちの美女だ。

彼女はにっこりと微笑むと、受け取って香りを嗅いだ。

「嬉しいわ。釣り鐘のような形ね、なんという花なのかしら」

雨黒燕には実姉が七人いる。紅琰にとっては大姑子、つまり敬うべき義姉たちだ。そしていま、花を受け取った美女こそが大姐、まさに一番上の義姉上である。

「鳳仙花と申します。人界では、こうした遊び方も」

細い指を取り、摘み取った花弁を優しく擦りつける。興味津々で手許を覗き込んでいた妹たちは、桜貝のように染まった姉の爪を見るなり、口々に感嘆の声を上げた。

「爪紅！」

「素敵ね」

紅琰がにっこりと微笑む。

「あなたの白魚のような指を彩ることができて、花も喜んでいます」

「あ……そういえば、百華王は花の気持ちが読めるとか」

爪を眺めながら頬を染める一番上の姉の姿に、末の妹たちが騒ぎ出す。

「ずるいわ、大姐(ダージェ)ばかり」

「私にもくださらない？」

「もちろんですとも。順番に、一番似合う花をお贈りしますよ」

はしゃぐ女性たちの声で、部屋の中は一段と明るくなったようだ。天界一の色男が微笑みながら片手を上向け、掌に霊力を集める。

花を出そうとした、まさにそのときだった。

突然、音を立てて扉が開いた。華やいだ空間におよそ似つかわしくない低い声が部屋に響く。

「ごきげんよう、姐上方」

額に青筋を立てた雨黒燕がずかずかと入ってくる。咄嗟に紅琰は立ち上がったが、姉たちは反抗期の子供を見るような目でチラと一瞥しただけだった。

「小弟弟(シャオリーリー)、なんですか、いきなり」

長姉の咎めを無視し、雨黒燕は紅琰の傍まで来ると、強引に腰を抱いて引き寄せた。

「離れてください、彼は俺の夫君です」

「私たちの義弟でもあるでしょう。可愛がってなにがいけないの」

「二姐（アージェ）の言う通りよ、あなたのことも可愛がってあげたでしょう。私たちの服を着せて」

子供のころ、姉たちのおもちゃにされたことを思い出したらしい。雨黒燕は顔色を暗くして早々に遮った。

「昔のことは関係ありません。それよりも、他夫（ひとづま）相手に慎みをお忘れとは嘆かわしい」

「まぁ、人聞きの悪い。私たちは身内だからいいけれど、そんなに嫉妬深いと義家族様に嫌われますよ」

「三姐（サンジェ）、もう大舅子（義理の兄）からは切りつけられるほど嫌われてますよ」

「五姐（ウージェ）ったら、本当のことを言ったら可哀そうでしょ」

「…………」

七人の最強の義姉たちに、言い返せる者が魔界にいるだろうか。

次期魔王が言葉もなく俯き、猫のように丸めた拳を震わせる。

間に挟まれた紅琰は眉を八の字にして「まぁまぁ」ととりなした。

紅琰が茶を淹れながら、穏やかに言い聞かせる。

「そう怒るな、これも孝行だ」

姉たちを追い返したものの、雨黒燕は機嫌を損ねたままだ。

大きな図体で背中を丸め、牀榻に膝を抱えて座っている。その姿は破滅を司る羅刹天、涅哩底王の名を与えられた者とはとても思えない。

「あなたが魔族に馴染もうとしてくれているのはわかっている。でも……」

床に落ちていた鳳仙花の花弁を拾い上げ、溜息をつく。

紅琰とて、最初から諸手を挙げて魔族に歓迎されたわけではない。いまの親族関係も地道な努力の賜物だ。

とはいえ、雨黒燕の気持ちもわからなくはない。かなりの女好きだった紅琰の姿を知っているからこそ、嫉妬してしまうのだろう。

「茶でも飲んで落ち着け」

差し出された茶杯に口をつける雨黒燕に、ふと訊ねた。

「もしや、仕事を放り出してきたのではあるまいな?」

「今日の上奏への指示は終わっている」

雨黒燕はいま、父王の傍らについて政務を補佐している。宮廷での振る舞いかたや、官吏寵臣の扱いにも慣れてきたようだ。現魔王が退位する日も近いだろう。

「そうか。では、我が君を労わねばな」

雨黒燕の隣に腰を下ろし、額に音を立てて口接けた。

「膝枕も」

調子に乗った雨黒燕の額を軽く叩く。

若さの成せるわざか、断角の傷痕には早くも肉が盛り上がり、新しい角が生えてきている。この調子なら、立派に生え揃う日もそう遠くないだろう。

「義姉上たちにまで焼餅を焼くな。彼女たちも本来ならそなたを可愛がりたいのだ」

「わかってる。けど、あなたが誰にでも優しいから、俺は」

「心配か？」

大人ぶりたいくせに拗ねた顔でそっぽを向くから、紅琰はつい笑ってしまう。雨黒燕の隣に座り、尖らせた唇に触れるだけの接吻をした。

「そなただけだ」

拗ねたときは、こうしてじっと見つめてやればいい。

やがて雨黒燕の顔が悔しそうな表情へと変わる。

「紅琰の、そういうところが油断ならない」

手を伸ばし、紅琰の首を引き寄せて口接ける。急に静かになった室内に、舌を絡める音だけが響いた。

「誑しな部分も含めて好きになったのではなかったか？」

唇を離し、紅琰がチクリと文句を言う。

「……でも甘やかすのは俺だけにしろ」

「子供か」

「獅子身中の虫が疼く」

「わかったわかった、言う通りにしよう」

今日はどうしても甘えたい気分のようだ。

紅琰に膝枕をさせ、雨黒燕は悩ましい溜息とともに呟く。

「子供か……早く欲しいものだ」

雨黒燕の顔を孔雀の羽扇で仰ぎながら、紅琰は笑った。

「そのうちな」

紅琰は、朝廷には一切かかわらないと決めている。天族が、魔界の政治に口を挟むべきではないと思うからだ。治めるべき後宮もないいま、魔界では王族へのご機嫌窺いくらいしか日々やることがない。

「紅琰は欲しくないのか？」

「ないこともないが、子供にまで嫉妬されてはかなわぬ」

「…………」

雨黒燕は紅琰の腰に腕を回し、腹部に顔を埋めた。もう言い返す気もないようだ。ただ目蓋を閉じ、紅琰の身体から薫る牡丹の香りに酔いしれている。

（もう少し、この時間を味わいたいと言ったら、燕儿はどんな顔をするかな……）

もしかしたら、自分たちは思った以上に似ているのかもしれない。
悩ましくも幸せなふたりの新婚生活は、まだ始まったばかりだ。

（了）

参考文献：

「中国の閨房術性愛秘史と房中術秘伝」土屋英明（学研）■引用■
「古代中国と中華風の創作辞典」榎本秋榎本海月・榎本事務所（秀和システム）
「中国の建築装飾」著：楼慶西訳：鈴木智大／李暉（科学出版社東京国書刊行会）
「窓と建築の格言学」著：五十嵐太郎＋東北大学五十嵐太郎研究室＝編著（フィルムアート社）

■あとがき■

こんにちは、砂床あいです。

本作は「中華BL小説を、がっつりエロありの日本語で吸いたい」という作者の個人的な欲望を発端にして生まれました。いうなれば「中華神仙ファンタジー武侠風味の古装劇仕立て濃厚なエロを添えて」。中国料理を目指しながらも、日本人が日本人の舌に合わせて作ったエビチリBLとでも解釈して楽しんでいただければ幸いです。

突然の告白なのですが、私は中華ドラマが大好きでして。コロナ禍のおうち時間は相関図を片手に、睡眠を削りながら見てました。中でもいわゆる中華古装ドラマというジャンルが史劇からファンタジーまで本当に面白くてですね。美男美女がいっぱい出てくるし、たまに「えっ」てなるけど気づくと引き込まれてるし、お陰で私の十円ハゲも治りました。

その感謝とリスペクトを込めて、本作には中華古装劇の鉄板ネタを随所にちりばめております。高いところから華麗に町娘を助ける男主角、中折れしまくるでかい扇子、空中で腰を抱いてトリプルアクセル、鉄板橋、主人公の記憶喪失、ことあるごとに吐血&失神、意識なくても薬が飲め、毒も薬も即効性、脈を診ただけですべてがわかる名医、意味のない仮面の変装、花びら風呂、結婚式からの初夜ラストetc…。もちろん中華ドラマを知らない方にも楽しんでいただけるように、省けるところは思い切って省いて、名前にしても姓・諱・字・号・通名・立場によっては封号とかも出てきません。天地開闢から五千年

（？）、神様の寿命も長いことだし、あえて時代も地方も限定せずに、ふわっと古代で書きました。というか書き終わってみたら中国神話ほとんど関係なかった。

あと尾籠（びろう）な話ですみません、「神仙が排泄しない」設定は私の勝手な仮説です。理由は、いくら調べても、中国の神話に神様がうんこする話がでてこなかったから。日本の神話では神様がうんこ食べたりうんこ（尻）からも神様が生まれるのに、中国にはうんこ食べるのを断って仙人になり損ねた伝説はあっても、神様がうんこする話は見つけられなかった…。もし中国にうんこした神様がおられましたら、お手数ですがこっそり編集部宛てにお手紙で教えてください。私の勉強不足だったら申し訳ない。ちなみに肛門は中国語で「屁眼（ぴえん）」というそうで、口じゃなくて眼ですよ、そりゃちょっと指入れただけでも痛いですね、ぴえん。ちなみに私が読んだ（視聴した）限りだと、やたら神仙が罪を犯した罰として人間界に落とされるケースが多かったんですが（日本のかぐや姫も同じ系統？）、神様にとっての人間界は島流し先みたいなものなんですかね。遊びにいくにはいい場所だけど住みたくはないみたいな…。

言い訳になってしまうのですが、私が翻訳者ではないために、日本語にうまく訳せなかった語句がいくつかあります。本作は雰囲気を壊さないためにできる限りカタカナ語を避け、漢字を使っているのですが、日本語にするかどうかのラインには本当に悩みました。「公子（ゴンズー）」とか「哥哥（グァグァ）」等ですね…。「公子」は日本語だと「若君」とか「若様」にあたるのですが、もしかしたら中華ものが初めてという読者様の脳内にはチョンマゲがちらつくかもしれない…とか。あと「哥哥」は日本語に訳すと「お兄さん」あたりなのですが、呼ぶ人の関係性や時と場合によっては「にいちゃん」「アニキ」「兄さま」とニュアンスが全く違ってくるわけで…赤の他人を「兄さん」呼びする年下男子に馴染みのない日本人が多いであろうことを考え、編集さんと話し合った末に苦し紛れのルビ対応となりました。

ただ、恋人やら気になる男子を「〇〇クン♡」的に哥哥呼びする中華女子は本当に可愛くて心癒されるので、よかったらテレビ放送や配信サイトなどで見てみてください。中華ドラマの男子は気前がよくて、すぐに寿命や霊力や大事なお宝を貢いでくれるし、女装もお姫様抱っこもよくします。ブロマンスなドラマもあるのでぜひ。

哥哥といえば忘れちゃいけない兄上ですが、「月季（ユエチー）」は中国語で薔薇（ばら）（庚申薔薇（こうしん））です。プロットの段階で、弟が牡丹だし、愛憎どろどろの異母兄弟だから薔薇でいいか、と仮に名をつけておいたら担当さんからまさかのOKが出てしまい…。その勢いというかノリのまま随所に花をちりばめて、初夜の体位も「乱れ牡丹」で締めました。攻めは魔族だし、花はやめてキラキラネームにしましたが、もっと魔族らしさを足してほしいと担当様から言われて角生やしました。現実にある鹿茸（ろくじょう）（馬鹿（ばろく）の袋角（ふくろづの））は強精薬ですが、魔王族の角はいかにもミラクルな効き目がありそうだし、ワシントン条約的な縛りで持ち出せなさそう。

ちなみに参考文献から引用した「九浅一深、浅内徐動、弱入強出」、ピンイン読みするとるように腰を振ってほしい。

套路（武術の型的な意味）と勘違いしそうな語調でお気に入りです。攻めにはぜひ套路を練るように腰を振ってほしい。

あと主人公が人間界かぶれなので、作中には有名な漢詩や故事を下敷きに演出したシーンがいくつかあります。「～胡姫貌如花、當壚笑春風」「花間一壺酒　獨酌無相親　舉杯邀明月　對影成三人～」は李白、「～花発多風雨、人生足別離」は于武陵、右脇から生まれた説はお釈迦様、という程度ですが、わからなくても読むにはまったく影響ありません。むしろ細かいことを気にするよりも、ホン・トク先生の神挿絵と、男神たちの雄パイを楽しんでほしい。本作はプロットの段階からホン・トク先生のイラストのイメージで書いていたので、念願叶って本当に嬉しいです。イメージ以上の素晴らしい絵に加えてご感想まで本当にありがとうございました。色々とご尽力くださった担当様にも、深くお礼申し上げます。担当様のリクエストがなければ、月下老人の外見は若くなりませんでした（笑）

そして一番の感謝はこの本をお買い上げくださった読者様に。本作のみならず、かれこれ十五年もの間、細々と書き続けてこられたのも読んでくださる方がいらっしゃったからで、感謝の念に堪えません。

よろしければ、ご感想などお聞かせくださいね。またどこかでお会いできますように。

２０２２年１２月　砂床あい

初出
「百華王の閨房指南」書き下ろし

この本を読んでのご意見、ご感想をお寄せ下さい。
作者への手紙もお待ちしております。

ショコラ公式サイト内のWEBアンケートからも
お送りいただけます。
http://www.chocolat-novels.com/wp_book/bunkoenq/

百華王の閨房指南

2022年12月20日　第1刷

Ⓒ Ai Satoko

著　者:砂床あい
発行者:林 高弘
発行所:株式会社　心交社
〒171-0014　東京都豊島区池袋2-41-6
第一シャンボールビル7階
(編集)03-3980-6337 (営業)03-3959-6169
http://www.chocolat_novels.com/
印刷所:図書印刷 株式会社

本作の内容はすべてフィクションです。
実在の人物、事件、団体などにはいっさい関係がありません。
本書を当社の許可なく複製・転載・上演・放送することを禁じます。
落丁・乱丁はお取り替えいたします。